Blick in die Hölle

Burkhard Helpap

Blick in die Hölle

Empfindungen eines Krebspatienten

Bibliografische Information der Deutschen Nationalbibliothek
Die Deutsche Nationalbibliothek verzeichnet diese Publikation in der
Deutschen Nationalbibliografie; detaillierte bibliografische Daten sind im
Internet über http://dnb.d-nb.de abrufbar.

© 2009 Burkhard Helpap
Satz, Umschlaggestaltung, Herstellung und Verlag:
Books on Demand GmbH, Norderstedt
ISBN: 978-3-8391-5463-2

Adresse
Prof. Dr. Burkhard Helpap
Ehemaliger Ärztlicher Direktor
der Hegau-Bodensee-Hochrhein-Kliniken (HBH)
78207 Singen
burkhard.helpap@hbh-kliniken.de

Inhalt

Prolog

Die Diagnose »Krebs« kommt immer plötzlich für den Patienten, objektiv und subjektiv. Mit der Diagnose ändert sich vieles. Neben den bekannten Fragen – Warum ich? Stimmt die Diagnose? Wie geht es weiter? – ist die Vorstellung einer Operation zusätzlich noch mit Ängsten verbunden. Hier wird oft die Diskussion darüber angestoßen, gibt es noch andere Methoden, die evtl. zur Heilung führen könnten. Im Zeitalter des Internets wird der Patient mit Therapieangeboten überflutet. Angehörige, Freunde, Bekannte, der Hausarzt und auch Fachärzte schlagen vielfältige Behandlungen vor, schließlich ist der Patient völlig genervt und weiß nicht mehr, was er machen soll. Dieser Zustand ist äußerst unangenehm, der Patient verliert wichtige Zeit, aber bei manchen Tumoren ist kontrolliertes Abwarten angezeigt. Was den Patienten auch noch bewegt, ist die Frage, wie sich eine Operation, eine Bestrahlung oder eine Chemotherapie auswirkt, was einen eigentlich erwartet. Diese Aufklärung über Therapiefolgen ist außerordentlich wichtig, häufig wird sie nur mit wenigen und dürren Worten erläutert. Diese wenigen Zeilen reißen ein Thema auf, das bei Betroffenen, wenn sie ahnungslos sind, schwerste Krisen auslösen kann, die auch den behandelnden Arzt mit einbeziehen können. Dies gilt vor allem für die Folgen einer Strahlentherapie, und hier besonders im Gesichtsbereich, sowie für die Chemotherapie, wo der gesamte Organismus die Folgen dieser Therapie zu spüren bekommt. Der Autor, selbst ein Betroffener, hat sich daher zum Ziel gesetzt, wenn auch nur eine dieser therapierelevanten Fragen, nämlich die Folgen der Strahlentherapie, zu diskutieren und zu beantworten zu versuchen. Der »Fall« ist aktuell aus dem prallen Leben gegriffen.

Die toskanische Hochzeit

Fröhliche Tage standen mir bevor. Mein jüngster Sohn würde in der Toskana seine italienische Freundin heiraten. Die Mitglieder beider Familien sollten sich auf halber Strecke zwischen Deutschland und Süditalien in der Toskana treffen. Vorgesehen war die Residenz des alten Weingutes Chiara di Pruminano in der Nähe von San Donato, das jetzt zu einer Tagungsstätte mit angeschlossenem Hotel umgebaut war.

Der Flug ging von Friedrichshafen nach Pisa und dann mit dem Auto über Autobahn, Landstraßen und unbefestigte Schotterlandwege. Der Mietwagen wurde ganz schön durchgeschüttelt. Gegen späten Nachmittag trafen alle Familienmitglieder, italienische wie deutsche, ein: zu säugende Babys, Kleinkinder, große, vor Energie nur so zappelnde Kinder und viele Erwachsene, junge, mittel- und ganz alte.

Also erst mal ein großes Durcheinander, keiner versteht den anderen, viele Küsschen, besonders werden natürlich Braut und Bräutigam begrüßt, dann flaut das laute Stimmengewirr ab und geht in ein leises Brummeln über, immer wieder unterbrochen von hellem Lachen und Rufen nach größeren oder kleineren Kindern. Alle haben inzwischen einen mordsmäßigen Hunger, aber es rührt sich nichts. Die Befürchtung der Deutschen, diese Tagungsstätte sei vielleicht ein Ort für einen Grundkurs im Überlebenstraining für drei Tage ohne Wasser und Brot, trifft nicht zu.

Nach kleinen Rundgängen durch das alte Gebäude mit Einräumen der festlichen Kleidung für den morgigen Tag in die Schränke und Blick aus den Zimmern über die toskanischen Hügel riecht es plötzlich für Spürnasen nach etwas Essbarem. Ein kleines, aber exzellentes kaltes Büfett ist aufgetischt, alles labt sich, die Kinder sind beruhigt, obwohl immer wieder Gäste neu eintreffen. Die Freunde der zukünftigen Eheleute kommen aus aller Herren Ländern, z. B. aus Irland, den Niederlanden, Frankreich, Südamerika und vor allem aus Berlin.

Alle Anreisenden sind müde und so kehrt bald Ruhe im Hause ein bei klarem Mond und einem einmaligen Blick in die silbrig glänzende Landschaft, die am nächsten Morgen zunächst diesig ist, dann aufklart und ab Mittag in einem rötlich-braunen Ton sonnenbeschienen ist. Dazwischen Oliven- und Pinienhaine, die z. T. Grenzen zu großen Weingebieten bilden. Die Rebstöcke hängen Ende September noch voll von prallen, herrlichen Trauben. Da sie leider am Straßenrand eingezäunt waren, war es nur auf akrobatischem Wege möglich, die eine oder andere Traube zu ergattern.

Mit frischen Weintrauben war das Frühstück eigentlich schon gelaufen, denn die Zeit bis zur Trauung war kurz und der Weg noch unbekannt. Bis alle Kinder getrimmt und angezogen waren und die Damen, z. T. bereits in aller Herrgottsfrühe, zum Friseur geeilt und mit gewagten Haarkonstruktionen zurückgekehrt waren, verging die Zeit. Wie zu erwarten wurde die Braut gewollt und ungewollt von helfenden Händen und mit entsprechenden Kommentaren auf Hochtour gebracht, der Bräutigam nahm alles gelassen und kümmerte sich um seinen Leandro, der sich noch in der schweigenden, staunenden und beobachtenden Phase befand.

Die Wagenkolonne zum Standesamt nach Greve in Chianti war beachtlich. Keiner wusste so richtig den Weg, vor allem stellte das Ziel, nämlich einen Parkplatz für alle möglichst in der Nähe des alten Rathauses mitten in der Altstadt zu finden, uns vor ein Problem. Alles verteilte sich auf mehrere Parkplätze und fand den Wege zum Rathaus, wenn auch gegenüber der vereinbarten Zeit um fast eine Stunde später. Die Standesbeamtin hatte Geduld, außerdem war Markt und ein unvorstellbares Gedrängel in den engen Straßen.

Die Worte der Stadtgewalt – es handelte sich um eine Standesbeamtin – waren eindrücklich, ich verstand kein Wort bis auf den äußerst schwierig auszusprechenden Namen meines Sohnes, des Bräutigams. Am Ende der Zeremonie wurde anhaltend geklatscht, umarmt, geküsst und es kullerten auch einige Tränen, natürlich bei den Schwiegermüttern, aber ohne dass die Schminke litt. Nach fast anderthalb Stunden brach die Gesellschaft auf. Einige suchten verzweifelt den Parkplatz ihres Autos, einigermaßen geschlossen ging es dann zurück zum Standort Hotel.

Hier wurden nun mit italienischer Gelassenheit im Garten Tische und Bänke gerichtet für ein fulminantes Mittagsmahl in klassischer italienischer Art. Die Gefahr, schon bei den Antipasti zuzuschlagen, die Pasta gerade noch zu schaffen, um dann beim eigentlichen Hauptgericht zu streiken, hielt sich bei den nicht Einheimischen in Grenzen, denn es lockte natürlich alle die Nachspeise.

Der Höhepunkt der Hochzeit bahnte sich an, denn wochenlang, ja über mehrere Monate, war die deutsche Schwiegermutter nach Italien gereist und hatte mal in der Nähe von Rom, dann in der Toskana Intensivkurse in der Landessprache genommen. Schon am Abend parlierte sie zum Erstaunen der italienischen Großfamilie in deren Sprache und wurde hoch gelobt. Die Hochzeitsrede war makellos. Während die Rede des Vaters des Bräutigams wie gewohnt nüchtern war – sie lag allen Gästen schriftlich auf Italienisch übersetzt vor –, schwangen viele Emotionen vor allem auch in der Antwort der italienischen Schwiegermutter mit. Alles war gerührt, es wurde wieder viel umarmt und geküsst.

Im 2. Akt freute sich das Brautpaar über die vielen praktischen und unpraktischen Geschenke und plante auch sofort den Rücktransport der Geschenke nach Berlin. Es gab nämlich ein Problem. Der Bruder des Bräutigams – B – aus Berlin besaß einen wunderschönen alten Citroën CX, der, da vom Präsidenten-Typ, extralang, als Hochzeitskutsche vorgesehen war. Nun, ein altes Auto hat so seine Tücken. Auf der Hinfahrt stimmte irgendetwas mit der Lichtmaschine nicht. B. erreichte S. Donata in Chianti nur mit Müh und Not, der Motor sprang nicht mehr an, wurde von hilfsbereiten Hochzeitsgästen aus Berlin fast völlig auseinandergenommen und der Citroën fiel somit als Hochzeitswagen aus. Als Depot für die Geschenke war er jedoch geeignet und wurde auch – nachdem er fast zwei Wochen nach dem Fest am Hochzeitsstandort blieb, da es dort keine Ersatzteile gab – überraschenderweise nicht geplündert. Alle Geschenke und der defekte Wagen kamen später huckepack per Lastwagen und ADAC unversehrt in Berlin an.

Als es dunkel wurde, richtete man ein Tanzparkett her und Kind und Kegel tanzten bis spät in die Nacht hinein. Ein kaltes Büfett, fast ausschließlich aus Schinken und Käse der Region bestehend, förderte die Tanzlust. Zwischendurch verabschiedeten sich vornehmlich italienische Gäste und traten die Heimfahrt an. Der deutsche Teil wollte einige Tage die Toskana genießen. So wurden in wechselnder Besetzung Rundfahrten durchgeführt.

Stationen in der Toskana

Siena mit seinem imposanten muschelförmigen Il Campo mit Hunderten von Besuchern und einem durchdringenden Stimmengewirr präsentierte sich vor allem bei langsam untergehender Sonne mit unwahrscheinlichen Schattenspielen auf dem aus roten Backsteinen im Fischgrätenmuster bestehenden Pflaster mit in der Mitte stehendem Brunnen, der Fonte Gaia.

Dieser Platz wird als der schönste in Italien bezeichnet. In der Tat kann man gut eine Stunde damit verbringen, ihn immer wieder von einer anderen Stelle zu betrachten. Schade, dass die Reiterwettkämpfe schon vorbei waren. Der neue Dom »Duomo Santa Maria« ist gewaltig, seine Marmorwände erinnern an das Gemäuer von Florenz und an filigrane Elemente des Mailänder Doms. Neun reiche Kaufleute beschlossen zu Beginn des 14. Jahrhunderts eine Vergrößerung des alten Doms, wobei der alte Dombau nur ein Querschiff des neuen, größeren sein würde. Eindrucksvoll ist der in 56 verschieden große Felder unterteilte Marmorfußboden mit eingeritzten Bildern aus den Anfängen des 15. Jahrhunderts, deren Rillen mit Teer ausgegossen wurden. An gesonderter Stelle sind Stationen aus dem Leben von Papst Pius II. dargestellt.

Verschiedene museale Paläste wie das alte Rathaus gegenüber vom Dom und im engen Straßengewirr von Siena machten den Heimweg über vermeintliche Abkürzungen und Verläufe zu einem Wagnis, das auf einem Parkplatz außerhalb der alten Stadtmauern abgestellte Auto wiederzufinden. Hin- und Rückfahrt über die toskanische Hügelkette auf den engen Landstraßen war nochmals eine spannende Geschichte. Jeder fragte, finden wir das Ziel auch ohne Karte, denn die fehlte bzw. war vergessen worden.

Auch die Fahrt zu den Geschlechtertürmen von **San Gimignano** war ein Erlebnis. San Gimignano wird als das Manhattan der Toskana bezeichnet. Schon von weitem sieht man die bis zu 50 Meter hoch aufragenden Türme aus dem Mittelalter. Die Stadt ist von Touristen überlaufen. Durch die Via San Giovanni wird man, ob man will oder nicht, bis zum Domplatz geschoben. Angeblich gibt es hier das beste Speiseeis Italiens. Es schmeckte aber wie alle Eisbecher eben halt schmecken. Die schönsten Erinnerungen sind jedoch die Sparziergänge durch die Weinberge bzw. Rebenfelder. Mit dem üblichen »Mundraub« lässt es sich stundenlang wandern.

Der nahende Abschied von der Toskana wurde mit einem gemütlichen Grillabend bei meinem ältesten Sohn Ch., der mit seinen drei Kindern und der alles ruhig dirigierenden Ehefrau W. in einem Ferienbungalow alter Bauart wohnte, gefeiert. Alle Verbliebenen labten sich an wahrhaft riesigen toskanischen Steaks mit entsprechenden Zutaten. Ob Klein oder Groß, alle genossen den Abend. Die Kinder tobten mit lautem Geschrei durch die Gegend und fanden es herrlich, mit den Erwachsenen an der großen Feuerstelle zu sitzen. Mit der wiederholten Bitte, noch nicht ins Bett gehen zu müssen, endete der Abend viel zu spät. Denn am nächsten Morgen war endgültiger Aufbruch aus dem in der Zwischenzeit fast verwaisten wunderbaren Hotel.

Italien war komplett abgefahren, Deutschland packte, der Citroën wurde auf dem Parkplatz abgestellt – wie gesagt voller Geschenke – und wartete auf die Huckepack-Heimreise.

Der materielle Crash

Die Rückfahrt – im Gepäck die noch einzige lebende Tante des Bräutigams (IM), mit der Pflicht, diese in Florenz in den Zug zu setzen – begann zunächst mit einem südlichen Abstecher. Über romantische enge Landstraßen ging es südlich von Siena zunächst nach Bagno Vignoni und San Quirico d'Orcia. Die Silhouette Letzterer wird durch den riesigen Palazzo Chigi beherrscht mit einer Gartenanlage im Stile des 16. Jahrhunderts. Benachbart findet sich ein vielfach besuchtes Thermalbad in Bagno Vignoni. Von hier blickt man entlang dem Verlauf des abfließenden Wassers aus dem Thermalbad in und über die toskanische Landschaft hinweg, ein Ausblick, der einen nicht wieder loslässt und den Alltag vergessen macht, aber die vielbefahrene Landstraße holt einen zurück in das Tal der Wirklichkeit – aber Kurzträume sind ja nicht verboten.

Der Tag neigte sich dem Ende zu, da ragte aus der rötlichfarbenen Ebene **Pienza,** die Idealstadt aus der Renaissance und Geburtsstadt von Papst Pius II., südöstlich von Siena gelegen, hervor. Von weitem wurde der Palazzo Piccolomini von der untergehenden Sonne beschienen, das berühmteste Gebäude der Stadt. Papst Pius II. baute seine Heimatstadt aus und schmückte sie mit zahlreichen prunkvollen Palästen sowie der zentralen Piazza Piccolomini. Dieser Platz wird vom Dom und jetzt zu Hotels umgewandelten Prunkbauten gesäumt. Die Architektur der Stadt ist am Abend, wenn die Masse der Touristen den Ort verlassen hat, in Ruhe zu bewundern. Schwierig wird es nur, wenn man noch Hunger hat. Die Restaurants schließen mit dem Wegzug der Touristen. Bei der

Suche nach einem geöffneten und geeigneten Lokal kann man alle alten und engen Gassen durchstreifen und taucht in das aus den geöffneten Fenstern klingende familiäre Treiben ein. Nach einem so eindrucksvollen Tag kein dementsprechendes Mahl einzunehmen, wäre schon hart gewesen, aber wer lange genug sucht, der findet auch.

Der nächste Tag bescherte erstmals schlechtes Wetter. Es regnete in Strömen, so dass der Rückweg über die Autobahn an Außenbezirken von Florenz vorbei in Richtung Nordwesten nach Lucca ging. Die Tante wurde in Florenz ausgeladen, erreichte ihren Zug und kehrte glücklich nach Deutschland zurück.

Lucca liegt am Unterlauf des Serchio in einem einstigen Sumpfgebiet im Norden der Toskana am Rande der ampuanischen Alpen. Die Altstadt von Lucca wird von einer mächtigen, z. T. zwölf Meter hohen und auch so breiten Mauer aus Ziegelsteinen umschlossen. Diese Mauer hat mit ihren Verteidigungsinstrumenten zahlreichen Versuchen, die Stadt zu stürmen, widerstanden. Nur Napoleon nahm die Stadt ein und erhob Lucca zu einem Fürstentum. Lucca wurde bereits in vorrömischer Zeit gegründet, im Mittelalter als freie Reichsstadt wurde sie reich als Handelsstation an der Nord-Süd-Tangente, die Rom mit dem übrigen Europa verband. Dieser Reichtum hat zu einer prunkhaften Um- und Ausgestaltung der Stadt geführt. Ein nächtlicher Rundgang zeigt in den erleuchteten Fenstern der Paläste klassisches Mobiliar sowie herrliche bemalte Holzdecken und Kristalleuchter. Die Restaurants machen alle einen fürstlichen Eindruck, auch wenn es nur eine kleine harte und trockene Pizza gibt.

Aber Lucca kann auch ganz alltäglich sein. Auf der Suche nach einem Hotel – nach vergeblichen Versuchen lag endlich ein Adresse vor – kreuzte ich eine Hauptstraße, vernachlässigte somit die Vorfahrt und übersah einen von rechts kommenden PKW. Es krachte ganz fürchterlich, die rechte Tür war eingedrückt. Aus dem fremden Wagen starrten zwei weit aufgerissene Augen. Es war passiert und es begann ein ewiges Warten auf die Polizei. Mittlerweile sammelten sich Passanten und begannen zu diskutieren, ohne dass wir ein Wort verstanden. Zum Glück war niemand verletzt. Es lag nur ein erheblicher Blechschaden vor. Zum Glück war der Mietwagen vollkaskoversichert und die Polizei nahm den Unfall bei dieser Sachlage sehr lässig zu Protokoll. Man verabschiedete sich unter beidseitigem Bedauern freundlich. Das Hotel war in der Zwischenzeit informiert, das Zimmer konnte bezogen werden, aber der Schreck saß tief. Trotz eingebeulter Tür war der Wagen fahrtüchtig. Die Fahrt zum Flughafen in Pisa war somit gerettet. Der Abend in Lucca war trotz des Unfalls entspannt, die Suche nach einem geöffneten Lokal verlief erfolgreich. Das Essen war leicht und mäßig, aber der Rotwein ließ die Ereignisse des Tages etwas verschwimmen.

Der Krebs

Am frühen Nachmittag des nächsten Tages war das Abenteuer toskanische Hochzeit beendet. Der Rückflug war problemlos. Zu Hause angekommen und nach einem Blick in den Spiegel war die ganze schöne Zeit **plötzlich** verflogen.

An der Unterlippe fand sich ein kleiner Krustenherd. In der Toskana hatte ihn keiner bemerkt oder vielleicht bemerken wollen. Dieser Krustenherd war mit der Zunge zu spüren. Seine Konsistenz war derb bis hart mit zentraler kleiner Ulzeration. Wenn man etwas vom Fach versteht, ist die Diagnose rasch gestellt. Ein Facharzt für plastische und Kieferchirurgie zückte das Messer. Der operative Eingriff in lokaler Anästhesie war schnell getan. Die keilförmige Exzision war relativ breit angelegt, trotzdem war nach feingeweblicher (histologischer) Untersuchung in der Pathologie das manifeste verhornende Plattenepithelkarzinom, das mit kleinen Zapfen sich bis an den tiefen Abtragungsrand entwickelt hatte und seitlich links eine randständige schwere Plattenepitheldysplasie (Atypie) zeigte, nicht im Gesunden entfernt worden.

Die Nachexzision (Operation) eine Woche später – nachdem nach dem ersten Eingriff ein dreistündiger Vortrag auf einem internationalen Kongress mit geschwollener Lippe durchgestanden war –, zeigte zwar keinen Anteil des verhornenden Plattenepithelkrebses mehr, linksseitig reichte die schwere Plattenepitheldysplasie (Atypie) aber immer noch bis an den Rand. Im Rahmen der von mir moderierten Veranstaltung befand sich ein Strahlentherapeut, der mir zwischen Tür und Angel erklärte, die Therapie einer solchen Läsion sei eindeutig die lokale Bestrahlung. Mit der heutigen Technik sei diese Maßnahme von Erfolg geprägt.

Doch bleiben wir zunächst bei der Chirurgie. Eine zweite Nachexzision wurde notwendig mit dem Resultat, dass offenbar nun die Läsion äußerst knapp im Gesunden entfernt worden war. Die chirurgischen Eingriffe wurden daher eingestellt. Die Kosmetik der Unterlippe erschien gut. Nach abgelaufener Wundheilung circa vier Wochen postoperativ erhob sich die Frage, wie geht es weiter und mit welcher Methode.

Eine Sonographie (Ultraschall) der Lymphknoten-Regionen, Röntgenthorax (Röntgenuntersuchung des Brustkorbes) und ein Kopf-Hals-Computertomogramm, die zwischenzeitlich angefertigt worden waren, ergaben keinen weiteren pathologischen Befund. Die Ablatio (Entfernung) der gesamten Unterlippenschleimhaut, die offenbar aktinisch (durch Strahlen) geschädigt war – vielleicht als Folge einer jahrelangen Sonneneinstrahlung auf dem Bodensee beim Segeln ohne Kopfbedeckung –, eine Bestrahlung der Lippenregion oder ein kontrolliertes Abwarten, sog. active surveillance, standen zur Diskussion. International renommierte Kliniken wurden konsultiert. Nach einem negativen PET-Computertomogramm (Positronenemissionstomographie) wurde eine abwartende Haltung eingenommen. Die postoperative Phase war schnell überwunden und der Befund auf Grund der Vorstellung, dass, wenn auch knapp, so aber doch im Gesunden entfernt worden war, vergessen.

Dieser gedankliche Vorgang und der Wille zu vergessen beruhen natürlich auf der Tatsache, dass der hier Betroffene, nämlich ich ganz persönlich, sich in der Materie auskennt und die Hoffnung – wie in diesem Fall – besonders bemüht. Aber ganz so heroisch bin ich auch wieder nicht. Im stillen Kämmerlein überdenke ich nochmals alles und frage mich natürlich, wie alle anderen auch, warum hat mir gerade die Sonneneinstrahlung geschadet, wo doch Hunderte anderer auch auf dem See ohne Kopfbedeckung herumschippern. Natürlich waren postoperativ

Schmerzen zu verkraften. Aber eines hatte ich mir vorgenommen, ich wollte meinen beruflichen Aufgaben, sofern sie noch vonnöten waren, nachkommen.

Eine solche Ablenkung ist Gold wert. Man kann sich so Tage, ja Wochen ablenken – wenn es etwas Interessantes zu bearbeiten gibt, das wirklich alles vergessen macht –, und dann kommen plötzlich nachts Träume, die in ihrem Inhalt nicht wirklich präzisiert werden können, aber es bleibt genügend in der Erinnerung an die Erkrankung zurück, um das Vergessen zu minimieren. Bei der Frage, wie es ginge, geht es einem natürlich gut. Es wäre ja schlimm, wenn man etwas zugeben würde. Aber es bestehen ja zurzeit auch keine wirklich ernsthaften Beschwerden. Und das Leben – besonders wenn die Sonne scheint – ist doch so schön, wenn auch jetzt mit Kopfbedeckung.

In der **Zwischenzeit** wurde die toskanische Hochzeit aufgearbeitet, der Alltag der Enkel bestimmte die Zeitabläufe wie Schule, Kindergarten und Tagesmutter, der Beruf der Eltern und die Teilzeitbeschäftigung der Großeltern, sofern sie noch aktiv sein wollten.

In diese Zeit fiel der sich alljährlich wiederholende einwöchige Skiurlaub mit allen Kindern und Enkeln in Flims. In einer Ferienwohnanlage waren drei Wohnungen gemietet. Tagsüber wurden Skikurse mit den Enkelkindern besucht, die dazugehörigen Eltern fuhren Ski im oberen Segment. Hilfskräfte, vor allem Großeltern, versorgten die noch nicht skifahrenden Enkel. Das Wetter war herrlich, Sonne pur. Gerade das Richtige für den angeschlagenen Großvater mit dem Lippenbefund. Mit Sonnencreme und anderen Pasten reichlich beschmiert, wagte er sich in die Sonne. Das Abtasten der Lippe und Kontrollen im Spiegel waren ein tägliches Ritual.

Der Prozess war doch nicht vergessen. In nächtlichen Träumen traten bizarre Befunde auf. Doch in der Gemeinschaft wurden die Empfindungen zurückgestuft. Vor allem war dies der Fall, wenn am späten Nachmittag bzw. gegen Abend der Essensplan diskutiert wurde.

Die italienische Mannschaft aus Berlin, d. h. die Toskaner, konnten ohne Spaghetti die Mittagszeit nicht überdauern. Unter dem Kommando des Zwillings B, der schon immer Küchenchef gewesen war, wurde gezaubert. Die Kochprodukte mundeten mit reichlich Rotwein vorzüglich, die Nächte waren dann mit politischen Diskussionen angefüllt, die entsprechenden Schlafzeiten kurz. Vor allem Diskussionen über Erziehungsmethoden der doch so lieblichen Enkel und über Wertigkeiten der augenblicklichen Situation mit Irak-Krieg, Afghanistan und innenpolitischen Aspekten führten zu erheblichen Verstimmungen zwischen Alt und Jung. Eine Woche »komplette Familie« ist ein anstrengendes Unternehmen und erfordert große Gelassenheit – wer besitzt die schon! Natürlich die Großmütter mit ihrem so ausgleichenden Naturell. Interessant, wie sich alles ändert, wenn die Erinnerung an die eigenen Erziehungsversuche der Kinder hochkommt, und das waren auch noch die 60er Jahre.

Die Aufforderung einen wissenschaftlichen Vortrag im benachbarten Alpenland Österreich zu halten, ergab die Möglichkeit eines geordneten Rückzuges. Die Kombination von wissenschaftlicher Tagung in den frühen Morgen- und nachmittäglichen Stunden mit Skifahren oder Schneewanderungen in der Mittagszeit – eine ideale Kombination, wenn man beides ernst nimmt –, lenkte ab.

Die Rückkehr in den Alltag ergab naturgemäß das Frage-Antwort-Ritual auf der Straße, beim Einkaufen, an der Arbeitsstelle sowie von außerhalb der Stadt durch Telefonanrufe: Wie geht es, was macht der Tumor, ist der Befund schmerzhaft? Werden die klinischen Kontrollen auch eingehalten? Oh, was sind die gut gemeinten Nachfragen störend, immer wieder werde ich an diesen verdammten kleinen Tumor erinnert, wo ich ihn doch vergessen wollte. Was heißt hier klinische Kontrollen, das PETCT (Positronenemissionstomogramm) war negativ, der tägliche Blick in den Spiegel zeigte eine grauweißliche Narbenbildung, mal tat die Narbe weh, an anderen Tagen war sie schmerzlos, aber da war sie. Der Vollständigkeit halber muss erwähnt werden, dass das Gesicht durch einen grauweißen dichten Vollbart nach Art von Hemingway geschmückt war. Dieser Bart wurde gepflegt. Der Vorteil war der, dass er irgendwelche pickeligen Attacken verdeckte. Der Gebrauch von Sonnencreme war deutlich reduziert gegenüber der bartlosen Vorzeit. Aber der Bart hatte auch Nachteile, er verdeckte halt einen großen Teil der Gesichtsfläche. Aber warum sollte ich an etwas Böses denken.

Die **Frühlings- und Sommerzeit** wurde wie immer in jedem Jahr auf dem Schiff verbracht, das an der Boje im Untersee des Bodensees lag. Das Boot war das Refugium während der Dienstzeit über Jahre, ja fast zwei Jahrzehnte gewesen. Gegen Abend, und wenn es nur eine Stunde lang war, auf den See hinauszufahren in eine Stille, die nur durch schnatternde Geräusche von Enten und Schwänen unterbrochen wurde, entschädigte für zwölf Stunden anstrengenden Dienst, vor allem Telefonate, und gab Kraft für den nächsten Tag. Welche glückliche und erholsame Stunden, Tage und Wochen ich mit Kindern, Enkeln, Freunden, Bekannten und vor allem mit meinen Hunden verbracht habe, ist in zwei Büchern ausführlich beschrieben und sollte nicht wiederholt werden (Hinweise siehe am Ende). Die Gedanken, die um den Tumor kreisten, führten natürlich auch zu der Frage, warum und wie es zu diesem Tumor gekommen war, der eben an der Unterlippe lokalisiert bei Pfeifenrauchern typisch ist. Pfeife habe ich nicht geraucht, aber die meiste Zeit habe ich an Bord keine Kopfbedeckung getragen und den Sonnenschutz, auch durch den Gebrauch von Sonnencreme, vernachlässigt. Eine aktinische Ursache ist somit nicht auszuschließen.

Wenn der Sommer auch nicht überreichlich mit Sonne gesegnet war, die Zeit auf dem See war wie immer wunderbar. Man traf sich mit Freunden am Wochenende in einem der vielen Häfen, um gemeinsam zum Essen zu gehen, aber auch um nur zu erzählen, was einem so widerfahren war. Mittelpunkt bei mir waren immer die Hunde, die diese Situationen immer ganz toll fanden. Mitten in dieser Phase von Ruhe, Ausgeglichenheit und Vergessen tastete ich plötzlich beim Bartschneiden einen derben haselnuss- bis kirschengroßen Knoten unterhalb des linken Unterkiefers im Weichteilgewebe. Die Diagnose war für mich sofort klar, eine sonographische Kontrolle zeigte einen hochgradig Metastasen- verdächtigen Knoten.

Die Krebsmetastase – Der operative Eingriff

Jetzt wurde nicht lange herumdiskutiert. Eine Universitätsklinik für Hals-Nasen-Ohren-Erkrankungen war schnell gefunden – zumal ja in der postoperativen Phase hinsichtlich des weiteren Procedere einige Kontakte geknüpft worden waren, die für eine neck dissection, d. h. Ausräumung von Halslymphknoten, in Frage kamen.

Der Operationstermin wurde kurzfristig festgelegt und nach Kontroll-Computertomogramm und anästhesiologischem Fachgespräch versank ich in der Narkose. Vorab war besprochen worden, dass, wenn nur dieser eine Lymphknoten befallen war, nach Schnellschnittkontrolle weiterer Lymphknoten ohne Befall nur einseitig neck-dissektioniert werden sollte. Das Aufwachen war etwas mühsam, aber der Verband ließ sich nur links tasten – ein Glück. Die Schmerzen waren erträglich, nur der Schluckakt war leicht behindert. Arm- und Kopfbewegungen waren regelrecht, nur die Unterlippe links war in der Bewegung nach unten eingeschränkt. Die linke Wange bis zum Ohransatz hatte ein taubes Gefühl. Nach sorgfältiger Wundkontrolle und Ziehen der Drains stand nach insgesamt drei Tagen bei unverändertem klinischem Befund die Entlassung an. Bereits vor der Operation war besprochen worden, dass eine Nachbehandlung durch eine Bestrahlung beider Halsseiten inklusive Unterlippe notwendig sei. Entscheidend war die onkologische Planung der Bestrahlung und ihrer vermutlichen Folgen.

Nachbehandlung – Strahlentherapie

Für die meisten Menschen sind »Strahlen« etwas Unheimliches. Sie haben keine konkrete Vorstellung von einer Strahlentherapie. Das liegt auch daran, dass über diese Behandlungsart viel zu wenig bekannt ist. Auch in der ärztlichen Ausbildung wird wenig über Bestrahlung gesprochen oder geschrieben. Die Unkenntnis führt zu Ängsten und Vorurteilen. Deshalb wird auch versucht, die Problematik einer Bestrahlung von Tumoren, ganz gleich welcher Region, in kurz gefassten Broschüren darzustellen. Aber es ist ein großer Unterschied, ob man als Fachfrau oder -mann, d. h. als Strahlentherapeut, dazu Stellung nimmt oder als Betroffener. Ich möchte meine eigenen Erfahrungen schildern aus einer Kombination von Betroffenem, der die Folgen einer Bestrahlung am eigenen Körper erfährt, und Fachmann für die Entwicklung, das Wachstum und die Therapieregression eines Krebses (Tumorrückbildung).

Mit der Strahlentherapie verbinden die meisten Patienten etwas Bedrohliches. Es wird böses, aber auch gesundes Gewebe bei dieser Therapie verbrannt. In der Vorstellung etwas ganz Schreckliches. Jeder Radioonkologe, der Tumorpatienten behandelt, macht diese Erfahrung. Viele Patienten kommen mit solchen Vorstellungen und Vorurteilen zur Strahlenbehandlung. Der Öffentlichkeit ist viel zu wenig bewusst, dass zahlreiche Menschen, die eine Krebserkrankung überstanden haben, dieser Behandlung ihr weiteres Überleben verdanken. In der medizinischen Ausbildung an Universitätskliniken wird über die Strahlentherapie aber nur wenig gelehrt. Daher ist es nicht verwunderlich, dass der Kenntnisstand über die Strahlentherapie deutlich geringer ist als über andere medizinische Spezialitäten. Diese Unkenntnis führt zu den Vorurteilen und die können nur durch eine zeitunabhängige Aufklärung ausgeräumt werden.

Als Betroffener und zugleich auch als Fachmann, der sich über Jahrzehnte mit der Tumorentstehung, vor allem mit dem Wachstum von Tumorzellen, beschäftigt hat, ist es mir ein Anliegen, über den Ablauf einer Strahlentherapie bei einem bösartigen Tumor im Lippenbereich persönlich zu berichten, vor allem auch, um die Folgen einer Strahlentherapie zu beschreiben. Obwohl der Strahlentherapeut im Eingangsgespräch, wenn es um die Gesamtplanung der Strahlentherapie geht, dem Patienten mehr oder weniger eindrücklich die Veränderungen und Folgen der Strahlenbehandlung schildert und erklärt, ist es doch ein großer Unterschied, ob man einem Patienten über den Schreibtisch hinweg versucht, objektiv diese Fakten zu vermitteln, oder ob man als Betroffener diese Prozedur am eigenen Leibe durchsteht und alles das durchkämpft, das vorher in mehr oder weniger dürren Worten geschildert worden ist. Es ist ein gewaltiger Unterschied zwischen Übermittlung und eigenem Empfinden.

Stahl, Chemie und Strahl

Drei wichtige Methoden werden zur Therapie des Krebses eingesetzt. Erstens die **Operation,** mit der entweder versucht wird, den Tumor radikal und im Gesunden zu entfernen oder zumindestens eine erhebliche Tumorverkleinerung herbeizuführen, um dann mit den beiden anderen Therapieformen nachfolgend einzugreifen. Aber auch wenn der Tumor ausreichend im Gesunden entfernt worden ist, wird je nach Bösartigkeit eine Nachbehandlung angestrebt, entweder mit einer Chemotherapie oder mit Strahlen. Hierdurch soll verhindert werden, dass es zu einem Rückfall – einem Rezidiv – des Tumors bei dem Patienten kommt.

Gegenüber der Strahlentherapie ist die **medikamentöse Therapie** eine Behandlungsform, bei der die Tumorzellen abgetötet und in ihrem Wachstum so gehindert werden, dass eine weitere Zellteilung nicht mehr möglich ist. Diese Therapie wirkt sich im gesamten Organismus aus. Der Vorteil dieser Therapie ist der, dass Tumorzellen in ihrem Wachstumszyklus in bestimmten Phasen äußerst empfindlich auf die Chemotherapie oder Strahlentherapie reagieren und absterben können, während dies für normale und gesunde Zellen in diesem Zeitabschnitt nicht gilt.

Die **Strahlentherapie** oder **Radioonkologie** ist ein relativ altes Fach in der Medizin. Die modernen Radioonkologen sind heutzutage aus der Behandlungskette von Tumorpatienten nicht mehr wegzudenken. Ja, sie haben inzwischen die obersten Etagen in der Onkologie erklommen und über einen längeren Zeitraum sogar den Vorsitzenden der Deutschen Krebsgesellschaft gestellt. Diese Signifikanz beruht vor allem darauf, dass die Entwicklung der modernen Strahlengeräte einen Quantensprung gemacht hat.

Der Linearbeschleuniger, das modernste Bestrahlungsgerät, ist auch in der Lage, in der Tiefe des Körpers gelegene Tumoren zu bestrahlen, ohne dass die Nachbarorgane und das Oberflächengewebe stärker geschädigt werden. Diese gezielte Behandlung eben auch in der Tiefe des menschlichen Körpers ist eng verbunden mit der Entwicklung von diagnostischen Geräten in der Onkologie. Mit Hilfe der Computertomographie und der Kernspintomographie, der sog. Magnetresonanztomographie, die ohne Röntgenstrahlen auskommt, ist eine exakte Lokalisationsbestimmung, z. B. von bösartigen Prozessen im Inneren des menschlichen Körpers, möglich. Das Zusammenspiel von diagnostischen und therapeutischen Methoden garantiert, dass das Ziel – nämlich der Tumor – genau getroffen wird und dass gleichzeitig das gesunde benachbarte Gewebe durch die gezielte Ausrichtung der Strahlen auf den Tumorherd weitgehend unbehelligt bleibt. Im Gegensatz zur Chemotherapie, die eine systemische Behandlungsform darstellt, ist die Strahlentherapie eine lokale therapeutische Maßnahme. Es gibt auch Tumorerkrankungen, die nicht nur durch diese lokale Maßnahme behandelt werden können, sondern bei denen auch die Chemotherapie mit eingesetzt werden muss, dies entspricht dann der kombinierten Radiochemotherapie. Durch diese Kombination wird die Strahlenwirkung verstärkt. Einige Tumorerkrankungen können ohne vorausgegangene Operation nur durch diese kombinierte Radiochemotherapie geheilt werden.

Bleiben wir aber bei der Strahlentherapie.

Grundlagen der Strahlentherapie

Wie wirkt sich denn nun diese onkologische Methode auf lebendes Gewebe aus? Aus der Grundlagenforschung ist bekannt, wie sich ein Zellkern teilt und wie aus einer Mutterzelle zwei identische Tochterzellen werden. Der Zellkern enthält eine der wichtigsten Substanzen des Körper, die Desoxyribonukleinsäure, abgekürzt DNS oder wie international gebräuchlich im Englischen DNA.

Die Analyse der DNS ist mit dem Nobelpreis für Medizin an Watson und Crick verbunden. Im Rahmen der Zellteilung muss die Desoxyribonukleinsäure eine Kopie ihrer selbst anfertigen. Dies geschieht während der DNS-Synthese oder Verdoppelungsphase des Generationszyklus und endet in der Ruhephase G 2 (gap two). Hier finden Proteinsynthesen (Eiweißaufbauprozesse) statt. Diese Ruhephase wiederum leitet in die Zellteilungs- oder Mitosephase über. Durch die Verdoppelung der DNS ist gewährleistet, dass die beiden Tochterzellen wieder jeweils die DNS ihrer Mutter erhalten. Die Ruhephase und die Mitosephasen sind die Phasen, in denen die Strahlen am intensivsten wirken und den Ablauf der Zellteilung stören bzw. gänzlich zum Erliegen bringen können. Aber auch die DNS-Synthesephase ist vulnerabel gegenüber Strahlen, d. h., ein großer Teil des Generationszyklus ist gegenüber Strahlen, aber auch gegenüber Chemotherapeutika empfindlich.

Strahlenwirkung auf gesundes und böses Gewebe

Hier erhebt sich nun die Frage: Was passiert den normalen gesunden Zellen, werden die genauso geschädigt wie die Tumorzellen (denn das ist ja das Therapiekonzept der Bestrahlung: Schädigung des Tumors bei Schonung des gesunden Gewebes)? Die Natur hat vorgesorgt. Es gibt ein Reparatursystem, das aus speziellen Eiweißstoffen, sog. Enzymen, besteht. Diese sind in der Lage wie eine Schere defekte Abschnitte aus der DNS herauszuschneiden und sie im Rahmen der Synthesephase zu ersetzen. Diese Reparaturvorgänge finden sowohl an gesunden wie auch an kranken Zellen statt. Im Rahmen der Reparatur kommt es zur Beschleunigung des Wachstums an Zellen und Geweben, der sog. **reparativen Regeneration.**

Interessant ist, dass je aktiver die Reparaturfähigkeit eines Gewebes ist, das Zellsystem umso weniger anfällig gegen die oben genannten schädigenden Noxen ist. Tumorgewebe hat dagegen ein schlechter ausgebildetes Reparationssystem. Dieser Unterschied zwischen normal und tumorös spielt eine entscheidende Rolle bei der Radiotherapie. Das gesunde Gewebe kann sich relativ rasch von der schädigenden Bestrahlung erholen, während das Tumorgewebe – wie gewollt – sich kaum erholt und absterben kann. Dieser Schädigungsprozess ist jedoch nicht sofort so wirksam, dass das Endresultat »Zelltod« beim Tumorgewebe eintritt, sondern der schädigende Vorgang muss sich über längere Zeit wiederholen. Aus diesem Grund wird die Gesamtdosis der Bestrahlung, je nach Tumorart in der Regel 60 Gy (Gray) (26-70 Gy), fraktioniert in kleine tägliche Dosen von 2 Gy über 30 Tage (13-35) verabreicht.

Mit dieser Bestrahlungstechnik können auch Tumorzellkomplexe, die sich aus einem kompakten Tumor entfernt, d. h. abgetropft sind, und sich in anderen Zellsystemen wie Blut und Lymphgefäßsystem in anderen Organen, wie z. B. Lymphknoten, abgesiedelt haben – es handelt sich hier also um Metastasen oder Tochtergeschwülste –, mit dieser Bestrahlungstechnik erfasst und abgetötet werden. Es handelt sich dann um eine Feldbestrahlung.

Die Dosierung auf Punkt und Fläche wird vom Strahlenphysiker genau berechnet und hängt von der Größe des Tumors und seiner Nachbarschaft ab. Je kleiner die Einzeldosis ist, umso besser kann das gesunde Gewebe geschont werden. Das Ziel der Strahlenbehandlung ist die kurative Heilung des Tumorleidens.

Die kurative Strahlentherapie kann bei einem sichtbaren Tumor zum Einsatz kommen, sie kann aber auch als vorbeugende, d. h. adjuvante, Therapieform benutzt werden, wenn man zwar keine Geschwulst mehr sieht, aber doch Tumorzellen in den Abtragungsrändern vermutet, weil sehr knapp im Gesunden entfernt werden musste. Sogar Oberflächenkarzinome an Haut und Schleimhäuten werden heutzutage bei Entfernung im Gesunden nach Schnellschnittdiagnostik (frozen section) – auch wenn breit im Gesunden entfernt wurde – aus Sicherheitsgründen nachbestrahlt.

Es gibt aber auch eine Reihe von Tumoren, die durch alleinige Strahlentherapie behandelt werden können, z. B. Krebsarten, die von den Stimmbändern des Kehlkopfes ihren Ausgang nehmen, aber auch der Krebs der Mundschleimhaut, des Rachens und der Prostatadrüse. Die adjuvante Strahlentherapie ist die Regel bei organerhaltender Brustkrebsoperation.

Bestrahlungsgeräte

Die äußere oder externe Strahlentherapie macht den größten Teil der Strahlenbehandlung aus. Am häufigsten wird heute neben dem Telekobaltgerät der Linearbeschleuniger eingesetzt. Das Telekobaltgerät, das Gammastrahlen produziert, ist vornehmlich für oberflächliche bzw. halbtief gelegene Tumoren geeignet. Der Linearbeschleuniger erzeugt ultraharte Röntgenstrahlen, d. h. Photonen mit hoher Energie, die sich vor allem für die Bestrahlung tiefer gelegener Tumoren eignen, und negativ geladene Teilchen, sog. Elektronen, die nur wenige Zentimeter tief in das Gewebe eindringen und zur Behandlung oberflächlich lokalisierter Krankheitsherde verwandt werden.

Der Linearbeschleuniger ist das heutzutage am häufigsten benutzte Bestrahlungsgerät. Es handelt sich um einen Elektronenbeschleuniger. In einem Hochvakuumrohr werden Elektronen so beschleunigt, dass sie nahezu mit Lichtgeschwindigkeit über einen Magneten in die gewünschte Richtung hinsichtlich des zu bestrahlenden Objektes gelenkt werden können, d. h., die Elektronen können direkt zur oberflächlichen Bestrahlungstherapie eingesetzt werden.

Werden die beschleunigten Elektronen auf wassergekühltes Material, z. B. Wolfram, gelenkt, werden diese ultraschnellen Elektronen so akut abgebremst, dass durch den Energieumwandlungsprozess Photonen oder ultraharte Röntgenstrahlen entstehen, die dann zur Bestrahlung tiefer gelegener Tumoren benutzt werden können. Je energiereicher die Photonenbestrahlung ist, je größer ist auch ihre Eindringtiefe.

Am Anfang, vereinzelt aber auch später beim Einsatz der Strahlentherapie zur Tumorbehandlung ist es gelegentlich auch zu **Bestrah-**

lungsunfällen gekommen. Es war und ist daher ein hohes Anliegen der Industrie, die modernen Bestrahlungsgeräte so zu konzipieren, dass nicht versehentlich falsch bestrahlt werden kann. Die Bestrahlungsgeräte sind technisch äußerst kompliziert gebaut. Sie müssen täglich vor Betriebsbeginn von einem Physiker überprüft werden. An den Geräten gibt es daher eine Vielzahl von Sicherungsvorrichtungen. Nur wenn alle zu erhebenden Daten übereinstimmen, wird das Gerät zur Bestrahlung freigegeben. Für die Patienten ist es beruhigend zu wissen, dass bereits bei kleinsten Abweichungen von der Norm die Bestrahlung ausgesetzt wird. Schwerwiegende Strahlenunfälle mit Verlust von Organfunktionen und schwerste Verbrennungen sind heute nahezu ausgeschlossen.

Nebenwirkungen der Strahlentherapie

So einfach und komplikationslos, wie bisher der Bestrahlungsablauf von mir beschrieben worden ist, ist er aber nicht. Es können Nebenwirkungen durch die Strahlentherapie auftreten, die in ihrer Schwere sehr unterschiedlich sein und im schlimmsten Fall auch zu einer Unterbrechung der Strahlentherapie führen können. Die Kenntnis dieser Nebenwirkungen ist für die Patienten unheimlich wichtig, deshalb werde ich hier besonders ausführlich in Form eines Bestrahlungsprotokolls so darauf eingehen, wie ich es selbst am eigenen Körper erlebt habe.

Die Strahlentherapie ist eine örtlich begrenzte Behandlung. Daher beschränkt sich die Wirkung in der Regel auch nur auf den Bereich des bestrahlten Gebietes. Die Nebenwirkungen werden grundsätzlich in akute und weniger akute bis chronische aufgeteilt. Die akuten Nebenwirkungen können bereits nach wenigen Tagen und Wochen auftreten. Die Spätreaktionen können das Allgemeinbefinden noch Monate und Jahre nach Beendigung der Bestrahlung empfindlich stören. Bei Bestrahlung der Kopf-Hals-Region kommt es etwa nach der Hälfte der eingestrahlten Gesamtdosis, also etwa 30 Gy, zu erheblichen Schleimhautreaktionen an der Mundschleimhaut, an den Lippen und in der Rachenregion. In der Folgezeit kommt es auch zu Rötungen der entsprechenden Hautabschnitte. Übelkeit und Erbrechen, wie bei Bestrahlung im Bauchbereich, entwickeln sich nicht. Spätreaktionen sind stärkere Hautrötungen, nässende Herde, Verhärtungen des Unterhautbinde- und Fettgewebes sowie ein kropfartiger Lymphsack (Zele), Haarausfall und Hyperpigmentationen.

In den Broschüren zur Strahlentherapie wird auf diese unerwünschten Nebenwirkungen der Bestrahlung hingewiesen und betont, dass mit kleineren Einzeldosen und verbesserten Bestrahlungsgeräten diese Strahlenfolgen mit der Zeit minimiert werden. Vollkommen lassen sie sich aber nicht vermeiden und hier spielt die jeweilige Individualität des einzelnen Patienten eine große Rolle. Es gibt Patienten, die die gesamte Bestrahlungszeit mit nur sehr geringen Nebenerscheinungen überstehen, und andere, die dagegen schwerst leiden und im Verlauf der Bestrahlung sich einer stationären Begleitbehandlung unterziehen müssen. Wie der einzelne Patient die Strahlentherapie vertragen wird, ist für den Einzelfall nicht vorherzusagen.

Patientenpsyche

Der Radioonkologe sollte die Nebenwirkungen seinem Patienten in aller Deutlichkeit schildern. Wenn man aber diese Begleiterscheinungen einer Bestrahlung im Kopf-Hals-Bereich am eigenen Leibe durchgemacht hat, kann man den Begriff »viehisch«, wie er mir genannt wurde, sehr gut nachempfinden. Und auch die Verzweiflung verstehen, die manchen Patienten und auch mich befallen hat. Dass Ärzte und Pflegepersonal solchen Patienten besonders unter die Arme greifen müssen, ist selbstverständlich. Aber der entscheidende Punkt meines Erachtens ist der, dass der Patient, bevor es zur Bestrahlung kommt – wenn auch nur theoretisch – darauf eingestimmt werden muss, dass die Nebenwirkungen, obwohl sie entsetzlich sein können (eben viehisch), nach der Bestrahlung relativ rasch abklingen können und dass diese Nebenwirkungen durchgestanden werden müssen, da nur über diese Therapie der Heilung des Krebses Erfolg beschieden sein kann. Die akuten Begleiterscheinungen der Bestrahlung zeigen z. T. ja auch an, dass die Therapie zieht und die Krebszellen zerstört werden.

Die modernen strahlenmedizinischen Institute für Linearbeschleuniger lassen bei den Patienten nicht mehr das Gefühl aufkommen, dass sie in einem Bunker eingesperrt sind. Die Räume sind hell und freundlich gestaltet, auch die Angst vor Verbrennungen ist ihnen genommen, trotzdem ist die Therapie kein Zuckerschlecken. Aber lesen wir, wie es sich in diesem aktuellen Fall alles abspielte.

Die persönliche Erfahrung

Bei der Abschlussvisite wurde der äußere Befund nochmals überprüft und mir nochmals klargemacht, dass eine Nachbehandlung
in Form einer Bestrahlung gut und notwendig sei. Wichtig bei der
Bestrahlung wäre ein gesunder Zahnstatus. Deshalb sollte ich vor
der Nachbehandlung unbedingt meinen Zahnarzt aufsuchen, damit eventuelle Schäden saniert werden könnten, denn, so wurde
mir mitgeteilt, mir könnte sonst unter oder nach der Bestrahlung
Zahnausfall drohen. Den Rat eines jüngeren Assistenten, ich möge
mir doch gleich alle Zähne ziehen lassen, nahm ich nicht ganz
ernst. Nun fand das erste **Familienkonsil** statt.

Ch., ältester Zwillingssohn, Zahnarzt in Köln, packte abends
nach seiner eigenen Praxis den großen Zahnarztkoffer, vergaß
nicht die Grubenlampe mitzunehmen, traf gegen 23.00 Uhr
nachts in der Hals-Nasen-Ohren-Klinik der Universität Bonn ein,
packte alles aus und führte kurzer Hand 1. an dem im Bett liegenden Vater eine professionelle Zahnreinigung durch, fand 2. keine
Kariesherde und nahm 3. Abdrücke vom Ober- und Unterkiefer
ab für die Erstellung von Zahnschienen mit einer flachen Ablage
für die Zunge, als Schutz während der späteren Bestrahlung. Diese
Art der Zahnfleisch- und Zahnschonung hatte sich Ch. selbst aus-
gedacht und diskutierte später mit dem Strahlentherapeuten die
Vorzüge dieser strahlenschonenden Maßnahme.

Allgemeiner Konsens bestand darin, die Bestrahlung an dem
Ort durchzuführen, an dem man sich am wohlsten fühlt und
evtl. auch Hilfe bekommen kann. Ohne auch nur die leiseste
Ahnung zu haben, was mich unter und nach der Bestrahlung
erwarten sollte, entschied ich mich für die empfohlene Strate-

gie, zumal in der heimatlichen Klinik eine neue Strahlenklinik mit den neuesten Bestrahlungsgeräten eingerichtet worden war. Die Gesamtdosis von 60 Gy wurde allgemein akzeptiert. Nach kurzer postoperativer Erholungszeit gab es die ersten Gespräche und Planungen für die Bestrahlung der ehemaligen Tumorregion sowie beidseitiger Hals- und Unterkieferregion unter Einbeziehung der Speicheldrüsen in der nagelneuen Strahlenklinik am Heimatkrankenhaus, an dem ich 25 Jahre und davon 18 Jahre als Ärztlicher Direktor tätig war.

Protokoll über die Strahlenbehandlung eines Unterlippenkarzinoms mit solitärer Lymphknotenmetastase der linken Halsseite

Status: Malignitätsgrad II, pT1, pN1 (solitäre LKN-Metastase links 1/9), Zustand nach neck dissection links

Einführungsgespräch

Der Strahlentherapeut empfing mich freundlich. Wie jeder Patient saß ich etwas kümmerlich auf dem Stuhl vor dem Schreibtisch und harrte der Dinge, die da kommen sollten.

Bestrahlungsplanung

Wie bereits mehrfach erwähnt, ist es wichtig, dass bei der gezielten Bestrahlung des Tumors das Strahlenkonzept so geplant wird, dass eine niedrige Dosis im umgebenden gesunden Gewebe erzielt wird, damit dadurch die Nebenwirkungen so gering wie möglich gehalten werden. Mit dem Radiotherapeuten erfolgte zunächst im Rahmen einer nüchternen Besprechung der Befunde eine ausführliche Erklärung zur Bestrahlungstechnik, wobei die bereits erwähnte Gesamtdosis von 60 Gy in Einzeldosen von 2 Gy täglich über 30 Tage verteilt festgeschrieben wurde. Auf Grund des Hinweises in der Klinik, dass der Zahnstatus in Ordnung sein müsse, da sonst Schäden unter und nach der Bestrahlung auftreten könnten, wurde mit dem Strahlentherapeuten sehr ausführlich über den Einsatz der speziell für mich angefertigten *Zahnschienen* für den Ober- und Unterkiefer diskutiert. Sinn und Zweck dieser Zahnschienen war und ist es, 1. eine Liegetasche für die Zunge zu schaffen und 2. ein Fernhalten von Zähnen des Unterkiefers und Zunge aus dem Strahlengang zu sichern. Ferner sind die Zahnschienen auch geeignet für das Einbringen von Elmexgelee für die Nacht gegen *Karies*.

Wichtig war jedoch die Besprechung der *Bestrahlungsplanung*. Vor Beginn der Bestrahlung wurde – wie es heute üblich ist – eine *Computertomographie* (CT) des zu bestrahlenden Körperabschnittes, also der Kopf-Hals-Region, durchgeführt. Die daraus resultierenden Schnittbilder mit den entsprechenden Daten wurden in den Rechner des *Linearbeschleunigers* eingegeben, so dass der Strahlentherapeut das gewünschte Zielvolumen millimetergenau einzeichnen kann. Der Radiotherapeut und der Strahlenphysiker ermitteln mit Hilfe des Computers die günstigste Anordnung des Gerätes und diese Planung wird vor jeder Bestrahlung täglich mit Überprüfung der Daten durch den Strahlenphysiker kontrolliert. Bevor es nun mit der Bestrahlung losgeht, wird die berechnete Strahlposition durch einen *Simulator* bzw. durch eine sog. virtuelle Simulation mit dem Plan-CT überprüft. Der Simulator ist ein spezielles Durchleuchtungsgerät. Durch die Simulation, d. h. die Durchleuchtung, wird die zu bestrahlende Region so eingestellt, dass diese genau erfasst wird, d. h., dass das Zielvolumen exakt eingestellt ist und die Umgebung so weit wie möglich geschont wird. Die Erstellung des *Planungs-CT* mit allen errechneten Daten und die durchgeführte Simulation sind für den Patienten und das Personal die zeitaufwendigsten Maßnahmen der Strahlenbehandlung. Nach Abschluss der Simulation werden diese Strahlungsfelder farblich auf der Haut und, wenn notwenig, auf der Gesichtsmaske markiert. Diese Markierungen dürfen vom Patienten nicht entfernt bzw. abgewaschen werden, da diese Markierungen die endgültige Einstellung des Bestrahlungsgerätes ungemein erleichtern, denn diese komplizierten Einstellungen müssen bei jedem neuen Bestrahlungstermin wieder vorgenommen werden.

Kopf-Hals-Tumoren

Diese Bestrahlung entspricht der Technik für Kopf-Hals-Tumoren. Kopf-Hals-Tumoren sind Geschwülste der Mundhöhle, des Nasen-Rachen-Raumes und des Kehlkopfes. Die Tumoren, es handelt sich überwiegend um Plattenepithelkarzinome, treten häufig bei Patienten mit regelmäßigem Alkohol- und Nikotin-Abusus auf. Die Strahlentherapie kann bei diesen Tumoren primär eingesetzt werden oder als adjuvante Therapie nach erfolgter operativer Behandlung. Früher wurden die Bestrahlungsfelder mit Farbstiften den Patienten direkt auf die Gesichtshaut gemalt. Heutzutage werden Bestrahlungsmasken benutzt, die für jeden Patienten aus Kunststoff angefertigt werden, einen sehr festen Rahmen haben und mit Clip-Verschlüssen verschlossen werden. Wie später erwähnt werden wird, ist dieser Verschluss bei zunehmender Strahlenempfindlichkeit und Zunahme der Beschwerden sehr schmerzhaft. Auf die Maskenoberfläche werden dann die Bestrahlungsfelder aufgemalt. Außerdem sorgen diese Masken auch für eine stabile und reproduzierbare Lagerung und verhindern, dass eventuell das Bestrahlungsfeld verrutscht. Durch Einsetzen eines Föhns kann man die starre Wandung der Maske geschmeidig machen und in weichem Zustand dem Patienten anpasssen, ohne dass die komplizierte und aufwendige Bestrahlungsplanung durcheinandergebracht wird. Dadurch können die Beschwerden zunächst verringert werden, in der letzten Phase der Bestrahlung ist die Maske jedoch kaum noch erträglich.

Lokale Bestrahlungsfolgen

Da nicht nur die Tumorregion, sondern auch das Lymphabfluss-gebiet am Hals bestrahlt wird, kann es akute, häufiger jedoch längere Zeit nach der Bestrahlung auftretende Lymphsackbildungen geben. Man gehört zur kropftragenden Familie. Im Gegensatz zum Kropf schlabbert der Lymphsack bei raschen Kopfbewegungen in der Gegend herum. Angeblich bildet er sich langsam zurück. Ach, diese Eitelkeit.

In der Regel wird versucht, die Speicheldrüsen zu schonen. Liegen jedoch die Speicheldrüsen komplett oder teilweise im Bestrahlungsfeld, ist mit lange andauerndem Speichelverlust und einer sehr störenden Trockenheit im Mundhöhlenbereich zu rechnen. Im Gegensatz zu anderen Regionen des Organismus kommt es bei Bestrahlungen im Kopf- und Halsbereich zu Nebenwirkungen an Haut und Schleimhäuten, die eine ausführliche Beschreibung im Strahlenprotokoll einnehmen. Aber auch entzündliche Schleimhautveränderungen spielen eine wichtige Rolle. Hierdurch kommt es zu Schluckstörungen, Heiserkeit und chronischem Reizhusten.

Die Schluckstörungen können so stark werden, dass die Nahrungsaufnahme sehr erschwert ist oder auch unmöglich wird. In diesem Fall ist eine Ernährung durch Magensonde oder eine Flüssigkeitszufuhr intravenös notwendig, ohne diese steigt das Kreatinin rasch an, wie in meinem Fall. Eine stationäre Aufnahme des Patienten ist dann unumgänglich. Diese muss rasch erfolgen, da sich sonst bleibende Schäden entwickeln können. Geschmacksstörungen sind oft mit der Trockenheit der Mundschleimhaut verbunden, werden aber zunächst als nicht so tragisch angesehen.

Mit der Zeit wird dieser Befund zum Hauptproblem. Weder Süßes noch Salziges wird geschmeckt, es kommt zur dauernden Appetitlosigkeit mit Gewichtsabnahme, manchmal erwünscht – wie in meinem Falle.

Diese Minderung der Lebensqualität wird zu einem großen Problem für viele Patienten und hat auch mich sehr getroffen. Es heißt dann immer, alles nicht so schlimm, irgendwann kommt der Geschmack auch wieder, tröstlich – aber wann?

Die Schleimhaut, die sich nach dem sich manchmal sehr lange hinziehenden Prozess als reparativ-regenerative Zelllage entwickelt, ist dünn, trocken und sehr temperaturempfindlich. Kurz nach Beendigung der Bestrahlung sollte eine intensive Sonnenbestrahlung vermieden werden. Das Auftragen von Sonnenschutzcreme ist unerlässlich. Der Lymphsack unter dem Kinn kann durch Lymphdrainage behandelt werden. Sehr unangenehm sind auch die Folgen im Kehlkopfbereich. Hier kommt es zu schmerzhaften Kehlkopfentzündungen, vor allem aber am Ende der Bestrahlung zu zunehmender Heiserkeit bis hin zur Stimmlosigkeit. Als Betroffener werde ich auf all diese Beschwerden im Rahmen des Bestrahlungsprotokolls gesondert eingehen, wobei die persönliche Empfindlichkeit im Vordergrund steht.

Der Speiseplan

Ein wichtiger Punkt während der Bestrahlung ist die Essenszubereitung. Am Anfang der Bestrahlung gibt es keine Appetitstörungen. Sobald jedoch eine zunehmende Trockenheit der Mundschleimhaut einsetzt, wird es schwierig, relativ trockene Nahrung zu schlucken. Die zum Teil im Strahlenfeld liegenden Speicheldrüsen produzieren zu wenig Speichel. Brot und trockenes Fleisch bereiten große Schwierigkeiten beim Schlucken, da sie beim Kauen nicht mit Speichel durchmischt werden. Relativ früh gibt es Schwierigkeiten beim Essen und Schlucken von Milchprodukten. Jogurt, Quark, alle Arten von Käse entwickeln beim Kauen auf der Mundschleimhaut einen klebrigen Film, der Schwierigkeiten beim Schlucken bedingt und ein pappiges Gefühl in der Mundhöhle hinterlässt. Diese Störung, vor allem in Bezug auf Milchprodukte, bleibt noch Wochen, ja Monate nach Beendigung der Bestrahlung bestehen. Während der Entzündungsphase der Mundschleimhaut schmerzen alle kohlensäurehaltigen Getränke, ob mit oder ohne Alkohol, auch scharfe Gewürze und säurehaltige Speisen, besonders Obst, sollten vermieden werden. Im Küchenbetrieb eines großen Krankenhauses gibt es üblicherweise Diätassistentinnen, mit denen die Nahrungszubereitung besprochen werden kann. So sind pürierte Speisen während der schlimmsten Zeit üblich. Aussehen und Geschmack sind nicht besonders anreizend. Meine Erfahrungen mit Rührei oder Spiegeleiern waren gut. Aber diese Speisen reichen nicht weit.

Tiefpunkt der Nebenwirkungen

Aber – wie bereits besprochen – es kann auch so weit kommen, dass man überhaupt keinen Appetit mehr hat und nichts mehr essen oder trinken will. Als Betroffener kann ich hier ein Lied davon singen. Dies gilt für die ambulante wie die stationäre Behandlungsphase. Der Zustand der absoluten Appetitlosigkeit ist mit hoher Schmerzempfindlichkeit verbunden. Die Schmerzen können behandelt werden, sofern man das will. Eine moderate Schmerzbekämpfung finde ich gut, meines Erachtens sollte der Patienten mäßige Schmerzen ertragen, nur damit kann er bei Besserung des Gesamtbefindens den Fortschritt erkennen und würdigen.

Der Tiefpunkt zeigt sich, wenn man – wie ich – sich nicht mehr aus dem Bett erheben will und sich nur noch teilnahmslos dem Tagesablauf in einem Krankenhaus ergibt. Ich selbst hatte mir vorgenommen, auch wenn die Beschwerden noch so stark würden, bei Wind und Wetter mindestens den Weg von der Klinik zum Arbeitsplatz im Institut zu laufen. In der schlimmsten Phase bin ich gebückt nur noch geschlichen, den Blick abwärts gerichtet, ohne andere Menschen zu grüßen. Ich hoffe im Nachhinein, dass keiner, der mich beobachtet hat, es mir übel genommen hat. Es fehlt aber auch jegliches Interesse an allem. Der Zustand ist entsetzlich, aber man ist in ihm gefangen, zum Glück jedoch nur für eine kurze Zeit, doch davon später.

Was es sonst noch so gibt

Wenn man als Betroffener diese ganzen Phasen durchmacht, dann wundert es einen schon gewaltig, wenn man Patienten trifft, die noch unter der Therapie oder kurz danach wieder massivem Alkohol- und Nikotin-Abusus frönen.

Durch die familiäre zahnärztliche Betreuung kann ich als Betroffener nur sagen, dass es sehr wichtig ist, eine konsequente Zahn- und Schleimhaut- bzw. Hautpflege durchzuführen. Es sollten fluorhaltige Zahncremes benutzt werden. Nicht ganz billig ist die Anschaffung elektrischer Zahnbürsten und einer Apparatur zur Zahnspülung. Letztere ist unbedingt empfehlenswert. Bei nässenden Hautreizungen am Hals sollten unbedingt weiche Hemden mit offenen Kragen getragen werden. Eine Rasur der bestrahlten Hautregionen entfällt, da die Haarfollikel durch die Bestrahlung ihre Funktion eingestellt haben und die ehemalige Bartregion sich jetzt wie die Haut eines Kinderpopos anfühlt.

All diese Punkte wurden mit dem Strahlentherapeuten besprochen und zum Abschluss dieses ersten Tages hat der Strahlentherapeut darauf hingewiesen, dass ab Mitte der Bestrahlungszeit die Beschwerden im Sinne von Schluckstörungen, zunehmendem Brennen der Mund- und Lippenschleimhaut und Nachlassen des Appetits zunehmen würden. Die Flüssigkeitszufuhr sei das A und O. Am Schluss der Besprechung fällt die Bemerkung, dass die Beschwerden insgesamt »viehisch« seien, aber vielleicht doch nicht bei jedem Patienten in gleicher Intensität auftreten müssten, aber da müsste ich halt durch, wenn die ganze Sache Erfolg bringen sollte.

Beginn der Bestrahlung

September 2007, ein Montag. Zunächst wird man darauf hingewiesen, ein eigenes Handtuch mitzubringen als Abdeckung gegen die kalte Unterlage. Man liegt auf einer geraden bretthartten Fläche, der Kopf liegt in einer offenen Plastikform, die dafür sorgt, dass die Position immer die gleiche ist, dadurch dass man den Kopf nicht bewegen kann. Wichtig ist die Maskenkontrolle durch CT. Die Maske besteht aus einem harten, straff sitzenden Kunststoffgehäuse mit Öffnung für die Nase. Die Lippenpartie wird zusammengedrückt. Die Ausatmung geschieht vornehmlich durch Mundatmung. Bevor die Maske aufgesetzt und mit Clips verschlossen wird, sind die Zahnschienen einzusetzen. Außerdem wird ein Kunststoffblock, der bei dem Abdruck der Schienen von Ch. gleich mit angefertigt wurde, eingepasst. Eine Sprachverständigung ist mit Einsetzen der Schienen und des Blocks nicht mehr möglich. Mit Armbewegungen oder lautem Grunzen sind Regungen möglich, auf die die technischen Assistentinnen achten. Die Gesamtzeit beträgt eine Stunde, davon etwa 10–15 Min. Bestrahlung. Keine subjektiven Beschwerden.

Dienstag bis Donnerstag: CT-Kontrolle und Bestrahlung. Gesamtdauer 30 Min., keine Beschwerden.

Freitag: leichte Trockenheit im Mund, normale Nahrungsaufnahme, normales Trinken.

Montag: Schwierigkeit beim Aufsetzen der Maske, gewaltiger Druck auf die Lippen mit Schmerzen verbunden, da die Kieferschienen und der Mundblock gegen die Maske drücken. Es wird eine Lippenöffnung in die Maske geschnitten, die Maske wird mit dem Föhn erwärmt und dann wieder angepasst. Keine schwerwiegenden Veränderungen bei CT-Kontrolle. Es fällt jetzt eine zunehmende Trockenheit von Mund und Lippen auf. Nachlassen des Geschmackes, jedoch noch keine Schmerzen.

Blick in das Höllenfeuer –
Gedanken beim Liegen auf dem »Strahlen«-Tisch

Zunächst Ausbreiten des Handtuches, dies wird die ersten paar Mal vergessen, »typisch Mann« (eine Bemerkung im Dunkeln, nicht sofort einer MTR zuzuordnen). Ruhig liegen, es ertönt eine Stimme: »Wir machen zunächst Lagekontrollen durch CT, dann geht es los mit der Bestrahlung«!

Man liegt wehrlos auf dem Tisch, der riesige Strahlenbogen des Gerätes fährt ringförmig über die Kopfpartie von einer Seite zur anderen. Der eigentliche Strahlenkopf hat eine Öffnung, die sich bei jedem Strahlengang wahrscheinlich entsprechend dem vorausberechneten Strahlenfeld durch den Physiker in seiner Größe und Konfiguration ändert. Wenn dieser Kopf genau über einem steht, wird einem angst und bange. In der Tiefe der Öffnung sieht man spiegelnde Seitenflächen, es flackert und man hat das Gefühl, man sieht in den Schlund der Hölle, das Feuer flackert, es summt und brummt in immer schnellerer Folge. Der Zustand dauert unendlich lange (Einbildung?), dann endlich dreht sich der Apparat eine Lokalisation weiter (Lippe, vorn, seitlich links und rechts, Wange, LKN und Speicheldrüsen vorn, mittig, hinten, und das auf der linken und rechten Halsseite). Die Maske sitzt fest, sprechen oder räuspern ist unmöglich. Vor Anspannung und Angst (vor vermeintlicher Erstickung) nimmt der Schluckreiz zu. Bei dem Akt wird die Maske nach vorn gedrückt, nur mühselig gelingt der Schluckakt und nun läuft, oh Schreck, oh Graus, schon wieder Speichel nach hinten. Bei der Vorstellung, er läuft nun in die Luftröhre und du bekommst einen schmerzhaften Hustenreiz oder erstickst, wird alles noch schlimmer. Angstschweiß tritt aus.

Der Gedanke: »Jetzt denken die Helferinnen, der Kerl hat sich nicht gewaschen, nun wird es noch schlimmer.« Dann endlich das Ende, die Maske wird abgenommen. Die Damen sagen: »Na, für heute haben Sie es wieder mal geschafft.« Oh, ich denke an morgen. Sagen kann ich nichts, da ich die Spangen an Ober- und Unterkiefer sowie dem Öffnungsblock im Mund habe. Mühsam gelingt die Herausnahme. Ich sage »Vielen Dank«, stütze mich auf und ab und gehe etwas wankend in die Umkleidekabine. Ja wieder mal geschafft, aber morgen?

Dienstag: leichte Halsschmerzen, Kratzen im Hals, Trockenheit im Mund, Nachlassen des Speichelflusses.

Mittwoch: Zunahme von Trockenheit im Mund, Zunahme von Kratzen im Hals, Zunahme der Geschmacksunterempfindlichkeit, heute keine Bestrahlung, da
Wartung der Strahlenmaschine.

Nach drei Tagen Ruhe, aber mit kräftiger Zunahme der Beschwerden geht es weiter mit der Schinderei. Was war mir anfänglich gesagt worden? Eine Viecherei sei die Bestrahlung. Ja, wirklich, ist das schon der Höhepunkt? Aber nein – noch nicht mal die Hälfte der Bestrahlungsdauer ist vorüber!

Sonntag: auch Bestrahlung wegen des Ausfalls bei der Gerätewartung, Trockenheit, Halsschmerzen, leichte Schluckbeschwerden, Brennen an einzelnen Stellen der Mundschleimhaut, Trockenheit und Rissigkeit der Unterlippenschleimhaut.

Montag: Zunahme der Beschwerden, Nachlassen von Appetit, schmecke keine Marmelade mehr. Joghurt, Quark und Käse schmecken, auch Schinken. Kasinoessen mit Fisch und Fleisch und reichlich Soße geht.

Dienstag bis Freitag: idem.

Sonntag: Bestrahlung, deutliche Zunahme der Beschwerden, Gefühl eines Ulcus, erst linker, später rechter Gaumenbogen, deutliches Nachlassen des Appetits, ich trinke am liebsten Tee (schwarz verdünnt), aber auch Pfefferminztee, Zungenoberfläche brennt, Wangenschleimhaut innen brennt fleckförmig. Verschreibung von Tantum verde gegen Brennen, Novalgin-Tropfen gegen Schmerzen, 4-mal täglich 20 Tropfen, Vorbeugen gegen Soor, 2- bis 4-mal täglich. Leider nehmen die Beschwerden noch zu, »aber da muss man ja durch« ist die Devise.

Oktober

Montag: Beschwerden nehmen zu, Appetitlosigkeit, allgemeine Unlust, kein Antrieb zum Trinken. Astronautenkost, schmeckt nach gar nichts, ich muss es aber runterschlucken. Mit einem geschenkten Pürierstab Herstellung einer Kürbissuppe. Sieht toll aus, schmeckt aber enttäuschend. Werde pausenlos zum Trinken angehalten, will aber nicht. Mir wird langsam alles egal.

Dienstag: Die Unterlippe ist aufgesprungen, blutet, innen mit Fibrin belegt, auch die Mundschleimhaut blutet, z. T. fibrinbelegt, Halsschmerzen und Schluckbeschwerden nehmen zu.

Feiertag: keine Erholung, keine Besserung der Beschwerden, überhaupt zu nichts mehr Lust, keine Fahrt zum Ziegelhof. Kein Hundekontakt, keine Lust mit irgendjemandem zu reden.

Donnerstag: esse nichts mehr, minimale Flüssigkeitsaufnahme.

Freitag: idem, sprühe mir Lippe und Gaumen mit Xylocain ein und anästhesiere mich, damit die Maske nicht so schmerzt und der Schluckakt unter der Maske einigermaßen erträglich ist.

Montag: die übliche Bestrahlung. Die Angstzustände unter der Maske nehmen zu, auch die Einbildung der Erstickung, die Maskenabnahme ist eine Erlösung, die Lippe blutet, vor allem unter der Maske.

Ich habe das Gefühl, dass ich eventuell in ein Nierenversagen reinrutsche. Ich laufe nicht mehr zur Bestrahlung, sondern nehme das Auto. Zunehmende Kopfschmerzen, Müdigkeit und vor allem Antriebs- und allgemeine Lustlosigkeit breiten sich aus. Ich reiße mich zusammen, beschließe die stationäre Aufnahme (normalerweise beschließt das der Hausarzt, aber ich habe immer noch keinen) und marschiere in die Onkologie. Der Chefarzt kümmert sich rührend um mich, mir wird reichlich Blut abgenommen, ein Bett zugewiesen und sofort eine Infusion angelegt, denn ich muss wohl schon beim bloßen Hinsehen einen ausgetrockneten Eindruck wie eine verschrumpelte Tomate gemacht haben.

Stationär

Dienstag und zwei weitere Wochen dauert dieser Zustand. Unter stationärer Behandlung i. v. Zufuhr von 3.000 ml Flüssigkeit täglich und Versuch einer Ernährung mit passierter Kost auf normalen Wege. Das Kreatinin ist deutlich erhöht bei der Aufnahme, unter Therapie deutlicher Abfall, aber zunächst keine komplette Normalisierung. Ich bekomme Morphinpflaster und Novalgin-Tropfen gegen die Schmerzen. Tagsüber helfen sie, nachts ist es manchmal unerträglich, ich laufe im Zimmer herum, versuche zu lesen, vergebens. Die Störungen des Schluckaktes halten an, Lippenblutungen und Rhagaden-Bildung ebenfalls. Der nächtliche Schlaf ist durch die starke Schleimhautaustrocknung ziemlich gestört. Alle Stunde versuche ich durch Flüssigkeitsaufnahme die Situation zu verbessern, vergebens. Tagsüber mache ich zum Ablenken immer wieder Gänge an den Arbeitsplatz zum Mikroskopieren und zur Befundunterschreibung von Konsiliarfällen.

Mit Grauen denke ich immer wieder an die Nächte. Die Viecherei ist tatsächlich fast perfekt. Nicht im Traum hätte ich mir einen solchen Zustand vorstellen können. Aber ich war in der Onkologie nicht der Einzige mit solchen Beschwerden. Vor allem nachts, wenn Ruhe im Hause bzw. auf den Stationen herrschte, hörte ich das Stöhnen und Wimmern der Patienten, die einer Chemotherapie unterzogen wurden. Ist eine solche Therapie vielleicht noch schlimmer als die Strahlentherapie von Gesicht und Hals und blüht dir vielleicht auch noch so was? Da schleichen sich Erinnerungen ein.

Erinnerungen

Im Krankenhaus hat man ja viel Zeit, vor allem des Nachts. Die Nächte, die Nächte – es ist nicht nur das gegenwärtige Grauen, das einen schlaflos lässt, es kommen oberflächliche Träume, aber auch Erinnerungen dazu, deren Inhalte Jahre, ja Jahrzehnte zurückliegen können. Als Betroffener und ein bisschen Fachmann von der Materie und der Situation kommt zu all den üblichen Gedanken auch die Frage hinzu: »Ist diese kombinierte operative und Strahlentherapie eigentlich von Erfolg gekrönt, reicht diese aus, ist vielleicht nicht alles umsonst? Liegen trotz alledem bereits weitere Metastasen vor oder entwickeln sich diese trotz der adjuvanten Behandlung?« Schlaflos dreht man sich da im Bette herum und verflucht diese immer wiederkehrenden Gedanken. Irgendwann muss doch Schluss sein. Ich muss mich in das Unvermeidliche fügen. Zumal man erst nach mindestens fünf oder zehn Jahren nach einer Tumortherapie – wenn der Patient diese Zeitspanne überlebt hat und kein Rezidiv oder weitere Metastasen aufgetreten sind – sagen kann, dass die Behandlung erfolgreich war.

Und da erinnere ich mich an meine vielleicht schönste Zeit während meiner Ausbildung in der experimentellen Medizin. Ich hatte das Glück, ein gutes Jahr lang am Institut für Isotopenmedizin der Universität Köln unter der Leitung von Prof. Dr. Werner Maurer arbeiten und forschen zu dürfen. Die Grundlagen meiner Habilitation wurden hier geschaffen. Es handelte sich um zellkinetische In-vivo- und In-vitro-Untersuchungen mit radioaktiv markiertem 3H- und 14C-markiertem Thymidin an Gewebsbiopsien von Experimental- und Humantumoren, d. h. Zell- und Gewebeuntersuchungen am lebenden Organismus/Mensch oder Tier und im Reagenzglasversuch. Es ging einmal darum, wie lange die in vivo (während des Leben) ablaufenden Syntheseverhältnisse der DNS in unterschiedlichen Geweben und Organen, aber auch in Tumoren in einem In-vitro-System (Reagenzglasversuch) nachzuvollziehen sind, und zum anderen darum, ob man die zellkinetischen Daten der verschiedenen Zellsysteme in vivo und in vitro vergleichen kann. Das Ziel war, Grundlagen zu schaffen, Wachstumsgeschwindigkeiten von humanen (menschlichen) Tumoren messen zu können und diese eventuell für moderne primäre oder adjuvante Therapiekonzepte nutzen zu können. In einem Überdruckgefäßsystem nach Art einer Warburg'schen Schüttelapparatur gelang es nach langwierigen Vorversuchen herauszuarbeiten, dass die DNS-Synthese maximal zwei Stunden in vitro so abläuft wie in vivo, und die errechneten Zeitdaten vergleichbar sind. Mit einer Doppelinkubation (Bebrütung) mit Tritium-haltigem und C14-haltigem Thymidin – einem DNS-Baustein – in vitro war es somit möglich, zellkinetische Wachstumsdaten von menschlichen Tumoren zu berechnen. An der Universität Bonn haben wir dann Jahre später nicht nur zellkinetische Daten von Prostata- und Harnblasentumoren sowie ihrer Vorläuferstadien berechnet und damit das Verständnis über die Malignität dieser Tumoren bereichert – diese Erkenntnisse waren sehr hilfreich bei dem später entwickelten kombinierten zytologisch-histologischen Malignitäts-Grading von Urogenitaltumoren –, sondern dieses Verfahren wurde auch bei der Behandlung von Kopf-Hals-Tumoren eingesetzt. Zu damaliger Zeit – Anfang der 70er Jahre – wurde in der Onkologie, die sich noch entwickelte, von der Synchronisationstherapie gesprochen. Hier handelte es sich darum, dass man durch milde Zytostatikagaben den Zellzyklus von Tumorzellen anhalten könne, um zu erreichen, dass nach Auflösen der Blockade alle vorher blockierten Zellen gemeinsam loslaufen, gemeinsam durch die DNS-Synthesephase wandern und gemeinsam in die strahlensensible prämitotische Ruhephase eintreten würden. Nach Berechnung der einzelnen Phasenlängen des Generationszyklus mit der oben geschilderten Methode müsste es dann möglich sein, einen Tumor gezielt in der prämitotischen Ruhephase zu bestrahlen und zu zerstören. Die Realität zeigte, dass eine komplette Blockade von proliferierenden gesunden oder Tumorzellen im Generationszyklus nicht möglich ist, aber Teilsynchronisationen erschienen möglich und so wurde dieses Behandlungskonzept angewandt. Ich erinnere mich noch sehr gut an die Patienten mit fortgeschrittenen Plattenepithelkarzinomen im Lippen- und Wangenbereich. Von diesen Tumoren wurden Gewebsproben entnommen und im jeweiligen Patientenplasma mit radioaktiv markiertem Thymidin inkubiert. Nach Berechnung der zellkinetischen Daten mittels einer Dickschichtautoradiographie an histologischen Präparaten der Karzinome wurde den Patienten über einen Arteria-carotis-Katheter (Halsschlagaderkatheter) eine geringe Dosis von 5Fluouracil (500 mg 5FU pro Sitzung) verabreicht. Nach Ablauf der Blockadezeit – die 5FU-Blockade wurde durch Gaben von Elektrolytlösungen und oraler Zufuhr von reichlich Tee aufgehoben – und Abwarten der berechneten DNS-Synthesezeit wurde in der nun vermuteten prämitotischen Ruhephase der Tumor bestrahlt. Damals wurden pro Sitzung 150 rad bis zu einer Gesamtdosis von 6.000 rad verabreicht. Der Erfolg war verblüffend bei den allerdings wenigen Patienten. Bei drei Patienten schmolz das Tumorgewebe unter dieser Therapie wie Butter an der Sonne. Die andere Hälfte der Patienten hatte allerdings so weit fortgeschrittene Tumoren, dass es unter der Therapie zu tödlichen Arrosionsblutungen kam. Also ein Teilerfolg durch die Behandlung, die wegen der Aufwendigkeit nur kurzfristig durchgeführt wurde. Heutzutage wird diese Behandlungstechnik nicht mehr angewandt, teils aus Sicherheitsgründen teils auch wegen der extrem hohen Kosten. Es handelte sich eben damals um ein Therapieexperiment.

Dass ich von dieser Erinnerung geplagt wurde, ist besonders

hart, denn man möchte unbedingt vermeiden, dass man an einer Krankheit leidet, die man selbst über Jahre beforscht hat.

Ob mir selbst aber vielleicht das widerfährt, was viele Patienten auszeichnet nach überstandener Tumortherapie? Nämlich dass man ruhiger und gelassener das Leben nimmt und jeden Tag, den man lebt, genießt. Noch bin ich aber nicht so weit, noch stecke ich mitten in der Behandlung drin. Noch liege ich im Bett und kämpfe mit all der genannten Unbill und werde von unangenehmen Träumen geplagt. Aber nicht jeder Tag ist trüb.

Ablenkung

Glücklicherweise bekam ich Besuch von allen drei Söhnen. Die Besuche waren kurz, aber intensiv. Jeder hatte seine Schwerpunkte, der eine diskutierte mit mir das Medizinische, vor allem das medizintechnische Vorgehen, der andere nahm den Besuch zum Anlass, meinen Haushalt zu ordnen und zu modernisieren. Ich suche heute nach Wochen und Monaten immer wieder nach Dingen, die ich sicher besaß, die aber wegorganisiert worden sind. Alle drei – und so scheinen alle Kinder zu sein – prüfen zunächst den oder die Eisschränke nach ihrem Inhalt und überprüfen vor allem die Ablaufdaten der gelagerten Nahrungsmittel. Bei meiner Rückkehr in meine Wohnung war der Eisschrank leer. Alles war entsorgt worden eben wegen der überschrittenen Ablaufzeiten. Ich meine, man muss das nicht so eng sehen. Auf der anderen Seite meinen es die Kinder ja gut, ein früher Tod durch Lebensmittelvergiftung passt nicht in die Zeit. Dieser eben küchenvernarrte Sohn testete des Abends alle in der Nähe liegenden Lokale. Nun weiß ich, wo ich mal hingehen kann. Der Dritte und Jüngste, der in der Toskana geheiratet hatte, saß an meinem Bett, erzählte, was er so machte, wie es seinem kleinen Sohn Leandro, dem Italiener, ging und fragte mich: »Erinnerst du dich noch an unsere gemeinsame Reise nach Andalusien?« Da sprudelte es und wir reisten in Erinnerung und an einem Abend nochmals durch ganz Andalusien. Kurzfristig war der Tumor und die Bestrahlung mit ihren Folgen vergessen.

Andalusien

Bestandene Examina von Kindern sind immer Anlass zu großer Freude für die Eltern. Natürlich versüßen große und teure Geschenke die harte Prüfungszeit und die Vorbereitung dazu, aber oft wird in Gesprächen Jahre oder auch Jahrzehnte nach einer bestandenen Prüfung als schönstes Geschenk ein persönliches Unternehmen mit einem oder beiden Elternteilen erwähnt.

Mit meinem ältesten Sohn (Ch.) radelte ich einmal um den Bodensee herum, eine Woche harter Arbeit, bei gutem und schlechtem Wetter, mit und ohne Panne, mit steilen Anstiegen und flachen Abfällen und immer herrlichen Ausblicken. Die abendliche Einkehr bei Wein und Bier und sehr eingehende Gespräche sind mir noch in guter Erinnerung und ich glaube auch bei Ch. Wir entdeckten viele Gemeinsamkeiten. Die Radtour schweißte zusammen.

Was dem einen recht ist, ist dem anderen billig. J., der Jüngste, freischaffender körperlicher und geistiger Artist in Berlin und Hauptperson im ersten Kapitel dieses Buches, schlug vor und initiierte eine Reise nach Andalusien. Diesmal ging es mit Air Berlin von Zürich bzw. Berlin nach Sevilla. Granada und Cordoba folgten. Die Architektur-Glanzlichter einer über tausendjährigen Zeitepoche sind in jedem Reiseführer nachzulesen. Aber was macht die Menschlichkeit? Ziemlich müde trafen wir uns auf dem Flughafen in Malaga. Die restliche Reise nach Sevilla war kurz und gemeinsam. Am Flughafen wurden wir von einer alten spanischen Freundin von J. abgeholt und fuhren mit dem Auto an den Guadalquivir. Die Wohnung in dem kleinen Vorort von Sevilla war gemütlich klein, und ein tolles Nachtessen erwartete uns. Nach Studien der spanischen Sprache in Mexiko hatte J. keine Schwierigkeiten bei der Konversation. Für mich, der ich des Spanischen nicht mächtig bin, war dies eine große Hilfe. Am nächsten Tag nach Verzehr eines kleinen Brötchens, beträufelt mit Olivenöl (tostada), und eines Café solo schlenderten wir beide am Ufer des Flusses entlang, alte und neuere Segel- und Motorschiffe lagen auf Halde, der Wasserstand war niedrig und schwierig die Vorstellung, dass dieser Fluss früher – vor Jahrhunderten – die wichtigste Verkehrsschiene für Handel und Wandel nicht nur in und um Spanien herum, sondern auch für die überseeischen Provinzen war. Die Betriebsamkeit hielt sich in Grenzen, so dass am Ufer in den verschiedenen Cafés und Lokalen Zeit zum Träumen war. Vor der Reise hatte ich ein äußerst interessantes Buch mit dem Titel »Die Brücke von Alcantara« gelesen. Hier wurde spannend die Zeit der Mauren, der kulturelle Aufstieg und die kriegerischen Auseinandersetzungen mit den katholischen Königen, aber vor allem das tägliche Leben beschrieben und schon damals spielte der Rio Guadalquivir eine wichtige Rolle. Ich konnte mir gut vorstellen, wie es einem ging, wenn man damals in die große, lebhafte Stadt Sevilla kam. Zum Ende der Frühlingszeit war es schwierig, ein Hotelzimmer zu ergattern, aber die Freundin half uns. Wir nächtigten in einem kleinen Hotel zentral in der Altstadt und liefen uns die Füße wund. Der nach außen hektische Betrieb in der Stadt störte mich nicht, er ließ mich kalt, ich stellte mir bei allem, was ich sah und erlebte, immer wieder vor, wie das Leben zur Maurenzeit wohl gewesen war. Das Buch half mir und machte, wie auch in Granada und Cordoba, das Sightseeing erst richtig interessant. Ähnlich war es mir Jahre früher bei einem langen Besuch in Japan ergangen, wo ich mich auf das Buch »Der Shogun« stützte und die Japaner erstaunt über meine Geschichtskenntnisse waren. Unvergessen sind die Rotwein-Abende in diversen Tapa-Bars. Das Zusammenstellen und die Überraschung, was dann an den Tisch geliefert werden würde, war aufregend. Von der Vorstellung, solche Speisen, vor allem auch die köstliche

Gazpacho, in der mittäglichen Hitze unter einem Sonnenschirm mitten in der Stadt genossen, in der Heimat bei einem »Spanier« wiederzufinden, sollte man Abstand nehmen. Wein und Tapas sind vor Ort am köstlichsten. Auf dem Wege von Sevilla nach Granada besuchten wir im Leihwagen – ein Glück, dass J. Spanisch beherrschte – die weißen Dörfer nahe Ronda und weit vom Wege abseits Cueva de la Pileta die Höhlenformationen, wo vor mehreren tausend Jahren Menschen ihren Alltag in Bildern an die Felswände gemalt hatten. Ein unvergessenes Erlebnis dieser faszinierenden prähistorischen Malereien an dem zur Neige gehenden Tag. Eine Familie, der der Berg gehört, pflegt mit Unterstützung des Staates diese Kostbarkeiten. J. kannte diese Höhlen bereits und ich bin ihm sehr dankbar, dass er sie mir zeigte. In völliger Finsternis an der Costa del Sol angekommen, genossen wir die Seeluft und den Strand am nächsten Tag, um über Granada nach Cordoba zu fahren. Die Ortskenntnisse von J. durch frühere Besuche zahlten sich für mich aus, neben den viel beschriebenen und nicht zu wiederholenden Denkmälern in beiden Städten zeigte er mir ruhende Gassen und Plätze ohne Touristen mit winzigen Bars, in denen die Einheimischen aßen und tranken und wir mit ihnen.

Die Zeit verrann. In Cordoba wohnten wir in einem Hotelzimmer, das sich zur Straße hin öffnete, ein unbeschreiblicher Lärm bis in die tiefe Nacht ließ mich die manchmal offenbare Missmut der Ein- und Anwohner verstehen. In der Tat, da hilft des Nachts nur Rotwein.

So wie mit Ch. kam ich auch mit J. nach Jahren des Entferntseins wieder zu einem versöhnlichen Miteinander, das jetzt von Freundschaft und Verständnis geprägt ist. Die Reise verlief insgesamt ohne Zwischenfälle, ganz im Gegensatz zu einem dienstlichen Besuch in Madrid, wo ich in der Nähe des Prado nahe dem Ausgang der U-Bahn-Station einen Senfüberfall er- und überlebte. Leica, Geldtasche, sämtliche Ausweise, Kreditkarten – alles wurde geklaut mit einem simplen Trick. Senf gesprüht auf den Mantel oder Anzug, darauf aufmerksam gemacht, dass wahrscheinlich Vögel ihre Notdurft über und auf mir verrichtet hatten und damit Blick nach oben – wo natürlich keine Vögel zu sehen waren. Während dieses Augenblickes Griff zur Tasche mit Inhalt bzw. Griff in die Gesäßtasche und weg. Bevor man das registriert, ist schon alles gelaufen. Unverständnis bei den Passanten, wenn man laut ruft und sich aufregt. An diesem Tag wurden sogar in der Kongresshalle in der Vortragspause Teilnehmer durch Senfattacken ihres Geldes beraubt. Die deutsche Botschaft war gnädig bei der Ausstellung von Ersatzpapieren. Amerikanische Kongressfreunde halfen mir bei der Rückreise durch die Schweiz nach Deutschland.

Das nahende Ende der Bestrahlung

Leider war der Besuch von J. nur kurz aber er war intensiv und erheiterte mich.

Der Aufenthalt im Krankenhaus zog sich hin, jeden Tage wieder die Prozedur der Bestrahlung mit immer grauseliger werdenden Beschwerden. Zunächst habe ich gar nicht so richtig bemerkt, dass die Stimme von Tag zu Tag immer schwächer wurde, d. h. eigentlich immer heiserer, wurde. Schließlich krächzte ich so leise vor mich hin, dass keiner mich so richtig mehr verstand. Eine Konsultation beim Hals-Nasen-Ohrenarzt ergab eine entzündlich-ödematöse Schwellung der Stimmbänder, überhaupt eine entzündliche Rötung der Schlundregion als Strahlenfolge. Nun war alles klar, die Beschwerden würden sich nach Beendigung der Bestrahlung langsam zurückbilden, aber wann genau? Ich hatte ja bereits Vortragstermine spätestens drei Wochen nach Schluss der Bestrahlung und noch war gar kein Ende abzusehen. Was bedeutete das eigentlich, wenn man plötzlich fast ohne hörbare Stimme ist? Nicht nur, dass der andere einen nicht versteht, ja nicht hört, sondern man selbst bemerkt, dass andere Sinne ohne Ausdruck der Stimme ihre Wertigkeit einbüßen. Das Lesen eines Buches oder auch der Tageszeitung wird irgendwie zur Last, macht auch keinen Spaß mehr. Die ausländische Putzfrau, bei der ich mich jeden Morgen nach ihrer Zimmerreinigung bedankt habe, sieht mich mit großen Augen an, als ich versuche, etwas zu sagen, schüttelt den Kopf und geht. Warum? Es fehlt der bisherige sprachliche Kontakt. Man ist und wird isoliert. Ja, man isoliert sich selbst. Denn wenn ich merke, mir versagt die Stimme, dann versuche ich es eben nicht, gehe sprachlos und natürlich auch sprachlich grußlos an meinem Gegenüber vorbei und ernte Kopfschütteln.

Kein Hunger, mäßiger Durst, Reizhusten, keine Stimme, Schmerzen im Rachen, Brennen der Mundschleimhaut und weiterhin Bestrahlungen, wie soll das weitergehen? Ich gurgele und spüle mit Schmerzmitteln, schlucke etwas gegen einen eventuell auftretenden Pilzbelag – nebenbei bemerkt eine häufige Begleiterscheinung, nicht nur bei dieser Art von Bestrahlung, sondern vor allem auch bei systemischer Chemotherapie. Jetzt fühle ich mich langsam etwas verloren, ja auch einsam. Einige Freunde und Bekannte besuchen mich oder rufen an und dann das Gekrächze, ein Gespräch ist nicht möglich. Beim persönlichen Besuch sind die Gesichter der Besucher betroffen. Ich versuche zu lachen, ach ja, da fällt die schiefe Mundpartie auf, die hatte ich ja völlig vergessen. Die neck dissection hat schon kleinere Blessuren hinterlassen. Nicht nur die linksseitige schiefe Mund-Lippen-Partie, sondern auch den hier fehlenden kompletten Lippenschluss. Flüssigkeiten jeder Art tröpfeln und lecken heraus und herunter. Noch heute brauche ich jede Menge Papiertücher, vor allem saftiger Salat ist ein Problem. Die Folgen wie bei älteren Männern, permanent ist das Hemd und der Schlips bekleckert. Alles nicht so schlimm, heißt es ja, aber man erntet doch oft sehr missbilligende Blicke ob der Kleckereien, ja man ist gestempelt.

Interessant ist, dass unter der Bestrahlung oder auch bei Kenntnis der Therapie begleitende Menschen überwiegend rücksichtsvoll sind, aber wenn die offensichtlichen Folgen abgeklungen sind, wird der Anlass, warum der Betroffene sich »immer noch« bekleckert, vergessen und die Missbilligung steigt. Das gilt auch für alle inneren Beschwerden, die man nicht sieht. »Nun stell dich doch nicht so an, es ist doch nichts (mehr zu sehen)!« und »Warum schmeckt das Essen nicht?« Ja, warum schmeckt es nicht, ich schmecke eben nichts, herrje, das ist nun mal so und ich kann es doch nicht ändern. Die Situation bleibt leider noch Monate nach der Bestrahlung. Manchmal habe ich das Gefühl, man stört als

Nichtschmeckender die Tischrunde. Aber es kommt auch viel Einbildung hinzu. Noch heute kleben mir Brot, Käse, trockenes Fleisch und Ähnliches am Gaumen. Ich muss dauernd etwas Flüssigkeit zu mir nehmen, damit es rutscht, das stört, und wenn man dann so dahinkaut, bildet man sich ein, die anderen stört das. Wie auch immer, die eigene Lebensqualität ist nicht mehr die, die sie vor dieser Erkrankung war.

Die Bemerkung eines lieben Freundes, der mich im Krankenhaus besuchte und beim Abschied sagte »Ich bete für dich«, berührte mich sehr und war Anlass für viele nächtliche Gedanken. Der Gedanke, dass jemand für mich betet, war beruhigend. Die Gedanken, dass Gott mich mit dieser Erkrankung für etwa straft, war mir nicht logisch. Der Glaube setzt ja mehr auf Hoffnung. Hilfe erbeten klingt ein bisschen nach erbitten oder nach erbetteln. Nein, »Ich bete für dich« fasse ich so auf, dass ich selbst Zuversicht finde und Kraft habe, die Unbill zu ertragen. Er schenkt mir sein Beten, was gibt es Einfühlsameres. »Ich bete für dich« hatte mir keiner zuvor gesagt. Es ist – glaube ich – heute selten geworden, etwas von seinem Glauben zu äußern, aber umso wertvoller sind solche Äußerungen. Ich bin sehr dankbar dafür. Auch die Gespräche mit dem langjährigen Krankenhauspfarrer Dietsch und der Pastoralreferentin Frau Reichle waren erholsam. Auch sie beide strahlten eine große Zuversicht aus. Für einen Augenblick hilft dies, aber wenn es dunkel, ruhig und einsam wird und keine Ablenkungen mehr da sind, dann wackelt es plötzlich im eigenen Glauben und in der Zuversicht. Immer wieder kommt der Gedanke hoch: Warum ich, warum gerade an dieser Stelle dieser Tumor, vor allem aber warum schon so früh eine Metastase? Die Metastase ist es, die mich bewegt. Als Kenner der Materie ist der Vorgang einer Metastasierung, d. h. einer Absiedlung von Krebszellen in andere Organe, z. B. Lymphknoten, prognostisch nicht gerade als günstig zu beurteilen. Auch wenn es ein Unterschied ist, ob einer von zehn Lymphknoten oder fünf von zehn Lymphknoten befallen sind. Überhaupt dass ein Lymphknoten befallen ist, zeigt, dass die berühmte Sicherheitsschranke des schützenden Immunsystems durchbrochen ist, und wenn erst mal eine Metastase da ist, dann sind doch sicherlich auch zwei oder mehr vorhanden, wenn auch noch nicht sichtbar oder fühlbar. Ich erinnere mich an eigene Literaturdaten, nach denen bis zu 30 % Tumorzellen immunhistochemisch im Blut und z. T. auch in Lymphknoten nach Operationen gefunden wurden, bei denen der postoperative Status pTx,N0(pN0),M0 lautete, also: keine Metastasen.

Mit Zuversicht hatte ich in der Vergangenheit zwei Basaliome und ein malignes Melanom, alle breit im Gesunden entfernt und histologisch gesichert, zehn Jahre ohne Folgen überstanden, auch ein schweres Schädel-Hirn-Trauma nach Fahrradsturz mit und durch einen Hund war glimpflich verlaufen. Also eigentlich kein Anlass zur Beunruhigung, und doch war mit der Metastase eine Schranke der Sicherheit zerbrochen, vielleicht auch die Schranke der Zuversicht. Ich weiß es nicht genau, aber ich spüre es und genau da an dieser Stelle trifft »Ich bete für dich«. »Ich habe für dich eine Kerze angezündet« ist vielleicht auch so gemeint, aber ich empfinde das Kerzenanzünden als nicht so berührend. Es ist etwas Äußerliches, in der Öffentlichkeit Praktiziertes, auch ein erfolgheischendes Unternehmen. Es fehlen dann noch die Gaffer, die fragen sich, hat er das nun für sich getan, für seine Gottverbundenheit, für seinen Glauben oder für jemand anderen und warum, wofür?

»Ich bete für dich« meint etwas ganz Persönliches, etwas, das allein passiert, ohne Öffentlichkeit. Deshalb bin ich so dankbar dafür. Ein Lichtstrahl in der Betrübnis.

Aber es gibt auch Lichtblicke. Kurze Zeit nach Beendigung der Bestrahlung, eigentlich noch mitten in der »Viecherei«, war für mich ein froher und glücklicher Termin. Die Buchtaufe von »Max und Moritz und die Hundejahre« stand an. In der Buchhandlung »Greuter« wollte ich die vielen Besucher begrüßen, aber die Stimme kam nicht, bedrückendes Gemurmel. Die Laudatio von Prof. Ulf Goerttler, einem alten Chefarztkollegen, war so beglückend, dass ich am Ende plötzlich meinen Dank artikulieren konnte. Ich hatte das Gefühl, wie wenn ein Belag von den Stimmbändern abgesprengt worden war. Danach ging es bergauf. Die Laudatio mit Billigung von Ulf Goerttler will ich nicht untergehen lassen.

Max und Moritz und die Hundejahre

Meine sehr verehrten Damen und Herren, der Neue »Helpap« ist da, fast zeitgleich mit Harry Potter. Nett, dass auch Sie hier sind, sind Sie doch nicht meinetwegen gekommen. Sie sind Taufpaten eines neuen Buches, das Sie vielleicht als Patengeschenk erwerben werden. Es kostet ja nur 9,80 Euro. Für meine Person erkläre ich feierlich, dass kein Interessenkonflikt im Sinne internationaler Herausgeber besteht, wenn ich hier als Vorgänger im Amt von Burkhard Helpap, ehedem Ärztlicher Direktor an unserem Krankenhaus, sitze. Beide haben wir festgestellt, dass uns eine tiefe innere Wesensverwandtschaft verbindet, von der wir bis jetzt nur noch keinen rechten Gebrauch gemacht haben. Erleichtert wurde diese Freundschaft dadurch, dass unsere beruflichen Konfliktpunkte gering waren: Er Pathologe und ich Röntgenarzt.

Als »Laudator« wurde ich vorgesehen, ihn zu loben, was ich ablehne: Unter Wissenschaftlern lobt man sich nur, um selbst gelobt zu werden. Da ist man schon kritisch. Und ich soll Ihnen ein Buch anloben, dessen Titel schon schamlos geklaut ist, zusammengestohlen von Wilhelm Busch mit seinen Lausbuben Max und Moritz und von Günter Grass mit seinen »Hundejahren«, einem Versuch der Bewältigung von Kriegs- und Nachkriegszeit. Trotzdem sollten Sie es lesen! Das Büchlein hat mich tief ergriffen. Leuten zu sagen, was sie lesen sollen, ist nach Oscar Wilde nutzlos oder gar schädlich, denn ihr Verständnis der Literatur ist Sache des Temperaments und nicht der Unterweisung.

Der Nachteil bei großer Literatur ist – und hier spricht unverkennbar Peter Handke –, »dass jedes Arschloch sich damit identifizieren kann«.

Was tue ich also hier? Burkhard Helpap hat rund 35 weise Bücher geschrieben, die in der Fachpresse schon gehörig gelobt wurden. Wahrscheinlich hat sie der Prediger Salomo alle gelesen, wenn er sagt: »Die Worte der Weisen sind wie Stacheln – und wie eingeschlagene Nägel die einzelnen Sprüche, aber lass dich warnen: Denn des vielen Büchermachens ist kein Ende und viel Studieren macht den Leib müde.« So weit der Prediger. Ein Wort, das in einer wissenschaftlichen Buchhandlung wohl unangebracht wäre.

Ich bin hier, um ein paar Fragen aufzuwerfen und sie möglichst zu beantworten, denn gemeinsam mit dem Autor und dem Lektor verfügen bisher nur wir drei über dieses Herrschaftswissen:

- Warum wurde das Buch geschrieben?
- Für wen?
- Von wem? Und schließlich:
- Was steht überhaupt drin?

Die Frage, warum ein Buch geschrieben wurde, ist nicht unwesentlich, gibt es doch Autoren, die vom Erlös ihrer Produkte leben müssen. Das ist hier nicht der Fall. Vielmehr leitet die Frage gleich zu den nächsten über, für wen und von wem es geschrieben wurde. Da steht der Autor schon an erster Stelle: Er schreibt als Biograf über die eindrucksvollsten Erinnerungen seines reichen Lebens. Um den roten Faden unzähliger Geschichten um Hunde herum strickt er – ein brillanter Erzähler mit dem Hang zu epischer Breite – seine Story für und über seine Enkelkinder, die Zwillinge Julius, genannt Max, und seinen Bruder Moritz.

Aus dem Kinderbettchen heraus machen die Buben die Bekanntschaft der beiden jungen Labradorhündinnen Klara und Rosa, pechschwarz und liebevoll, mit denen die beiden Tollpatsche aufwachsen. Zitat: »Das Wechseln der Windeln war für Rosa und Klara sehr interessant. Sie sahen diese kleinen, nackten, rosaroten Menschenbabys sehr interessiert an und hätten sie am liebsten abgeschleckt. Doch das ließen die Eltern nicht gleich zu. Später, als die Babys größer waren, machten sich Klara und Rosa Konkurrenz im Abschlecken.«

Hier blendet mein hygienisches Gewissen weitere Zitate aus, interessant wird es wieder, wenn das Vierer-Team gefüttert wurde.

Zitat: »Nur manchmal gab es Streit. Klara und Rosa waren sehr eigen, wenn sie ihr Futter bekamen. Sie hatten es nicht gern, wenn die Babys auch mal probieren wollten und sogar mit ihren Patschhändchen im Futter herumhantierten. Aber das Zusammenspiel war sehr ausgeprägt. Sehr schnell hatten die Menschen begriffen, dass es den Hunden nicht gefiel, wenn sie beim Fressen und Trinken gestört wurden. Andererseits waren die Hunde begierig, zu probieren, was Max und Moritz so aßen. Und da fiel ja einiges vom Tisch. Manchmal konfiszierten Klara oder Rosa auch direkt etwas vom Teller. Besonders Klara war da der große Techniker ...« * Zitat Ende.

Die Geschichten mit Max und Moritz im Bollerwagen, den die Labradore, in Hundegeschirre gespannt, mit Begeisterung zogen, müssen Sie selbst lesen. Wenn Sie sie Ihren Kindern allerdings vorlesen, garantiere ich, dass ihr innigster Weihnachtswunsch ein Labrador sein wird. Sie können über dessen Familientauglichkeit dort alles erfahren.

Nachdem die Eltern von Max und Moritz beschlossen hatten, für Klara und Rosa einen weiteren Spielkameraden zu erwerben, weil angeblich die Kinder wegen Volksschule und Gymnasium nicht mehr ständig zur Verfügung standen, trat Aurelia in die Familie ein. Ein skandinavischer Labradorwelpe, der zum Sonnenschein einer Familie wurde, bei der Ihr Laudator unschlüssig ist, ob diese nun die eigenen Zwillinge oder doch eher Labradore großzog.

Zitat Helpap über sich: »Die Liebe zu den Hunden kam erst spät, aber dafür sehr intensiv. Der rote Hundefaden ist ein Teil meines Lebens gewesen, Kinder und Enkel haben es begleitet.«

Aber die Labradore nehmen nur einen Teil des Buches ein, einen Teil, der sich trefflich vorlesen lässt. Er erinnert mit Max und Moritz an Astrid Lindgrens »Kinder von Bullerbü«. Ein Teil, der jenseits jeglichen literarischen Kitschs Bunter-Hund-Erzähler ein echtes Fachwissen über diese Hunde und ihr Verhalten nicht nur zu Kindern vermittelt.

Aber die »Hundejahre« im Titel beziehen sich nur vordergründig auf die Jahre des Autors gemeinsam mit Hunden. Sie sind auch Teile einer Familien-Saga, die bei der reiselustigen Urgroßmutter der Zwillinge, der Großmutter des Autors, beginnt und in der Nachkriegszeit endet.

Während der Autor seine Leser nur selten mit Nebensächlichkeiten wie Beziehungskonflikten belästigt, beschenkt er ihn in den Hundejahren mit dem Bild seiner Mutter, einer liberalen Frauenfigur und typisch hanseatischen Hamburger Deern: Insbesondere in der Nachkriegszeit hat sie ihre Familie nicht allein als Trümmerfrau oder mit »Hamsterei« über Hunger und Kälte hinweggebracht.

Der Vater, ein stattlicher Mann von 1,90 Meter, der in Kriegszeiten in seiner Marineuniform als Geschwaderarzt eine ehrfurchterheischende Figur abgegeben hatte, erwies sich als wenig nachkriegstauglicher, aber umso strengerer Vater, der seine Kinder strammstehen ließ und dessen ältester Sohn, Burkhard, unser Chronist, pausenlos angehalten wurde, etwas zu leisten.

Zitat Helpap über sich: »Dies führte zu einer Dauerschädigung. Aus ihm wurde später ein Workaholic.«

Ich überlasse die zwischen den Zeilen stehenden Reflexionen des Autors über seinen Vater einer geneigteren Leserschaft. Kein Mensch ist für seinen Vater verantwortlich zu machen, das ist einzig und allein Sache seiner Mutter. Bittere Erfahrungen übergeht unser Biograf mit einer beneidenswert positiven Grundeinstellung, die ihn umso liebenswerter macht.

Wer die knochentrockene Diktion von Burkhard H. kennt, erkennt auch den jungen Entdecker, wie er in dürren Worten die schrecklich-schönen Wochen und Monate nach Kriegsende beschreibt: so seine ersten jugendlichen Forschungsergebnisse zur Frage der Entsorgung nicht mehr benötigter Kriegsmunition einschließlich seiner Studien über das Unschädlichmachen von Eierhandgranaten sowie eine erfolgreiche Schiffsversenkung in Bremerhaven. Eine Zeit der Befreier und der Besatzer, der auslaufenden Hundejahre.

Zitat: »Ein alter Bauer wurde erschlagen, einige Frauen vergewaltigt, viele Höfe geplündert, Schmuck, Silberbesteck und Uhren vergraben. Was die Polen übrig gelassen hatten, wurde jetzt den Einwohnern von Amerikanern und Engländern abgenommen.« Zitat Ende.

Wen interessiert heute noch die Bewältigung der Nazi-Zeit, der Nachkriegszeit, die Erinnerung an Marshall-Plan und Carepakete? Ich will es Ihnen sagen: Es sind diejenigen, die das Kriegsende noch als Heranwachsende erlebt haben. Burkhard H. war damals zehn Jahre alt, sein Laudator ein paar Jahre jünger. Die bohrenden Fragen seiner Enkel Max und Moritz über die »graue Vorzeit« kann unser Biograf auch heute nur lückenhaft beantworten.

Zitat: »Auch das Thema Judenverfolgung wollten Max und Moritz genauer erklärt wissen, denn ihre Eltern kannten den Holocaust auch nur vom Hörensagen. Aber auch hierzu hatten die Urgroßeltern, also die Eltern des Autors, niemals etwas Konkretes geäußert. Wussten sie wirklich nichts, was fast unvorstellbar war, oder war es das schlechte Gewissen? Die Urgroßmutter, die ja so liberal aufgewachsen war und die von den vielen jüdischen Bekannten und Freunden ihrer Eltern aus den 20er Jahren berichtete, schwieg unerklärlicherweise. Der Bodensee-Großvater von Max und Moritz hatte sich sein eigenes Bild geschaffen durch Literatur, Erzählungen anderer, vor allem aber auch durch seine späteren Auslandsaufenthalte.« Immer noch Zitat: »… Unerklärlich ist auch die Tatsache, dass eine Reihe von Konzentrationslagern, in denen sich Häftlinge aller Art befanden, die als Zwangsarbeiter in der Rüstungsindustrie eingesetzt waren und die direkt am Rande von Städten eingesetzt wurden, dass die Anwohner angeblich nichts bemerkten von den Untaten, die hier passierten. Die Menschen verdrängten eben komplett diese Zeiten aus ihrem Gedächtnis.« Zitat Ende.

Max und Moritz sind inzwischen erwachsen, die Labradore sind alte Damen geworden. Die bisweilen bohrenden Fragen der Enkel nach der »grauen Vorzeit«, um die herum Burkhard H. seine Biografie in ein Gewirr von Erinnerungsmaschen strickte, diese Fragen sind zum Teil beantwortet. Zum anderen, so gibt er resignierend zu, ist er mit der Beantwortung überfordert.

Es ist an der Zeit für den »Schwamm darüber«. Zeit für einen Generationswechsel

Unser Bodensee-Großvater kommt langsam in die Jahre, und seine Zuhörerschaft erweitert sich um das junge Volk, um seine Enkel und seine eigenen Studenten am Klinikum. Er selbst ist auf den Hund gekommen … Genauer gesagt auf den Chihuahua, einen mexikanischen Zwergterrier mit dem Mut eines Löwen. Der Krieg ist Geschichte, die Karriere in trockenen Tüchern und die Reisen mit den Hunden Reminiszenz. Diese gilt es, im letzten Teil des Buchs an die Leser weiterzureichen.

Zitat: »Im Gegensatz zu den Schiffsreisen des Bodensee-Großvaters als Student, wo er als Messesteward oder Schiffsjunge Weltmeere bereiste, waren die späteren Reisen in ferne Kontinente geschäftlich bedingt: Einladungen von fremden Universitäten zu Vorträgen und Kongressen.«

Zitat Helpap: »Ich muss nach Auckland, einen Vortrag halten.« Kommentar: Er musste nicht, er wollte!

Zitat Helpap: »Ich muss nach Lyon, einen Vorsitz übernehmen.« Kommentar: Er musste nicht, er wollte!

Nun wird er zum Erzähler, zum Protagonisten von Mathias Claudius' Gedicht »Urians Reise um die Welt«. Und er nimmt uns mit auf diese Reisen. Wir steigen im »Oriental«, ja im »Raffles« ab und tauchen ein in eine Welt skurriler Begebenheiten und Erlebnisse von Bahia bis Bangkok. Dabei ernähren wir uns nicht nur von argentinischen Riesensteaks, sondern auch von Schlangen und Hunden. Und es ist köstlich.

Aber ein Buch über Hunde schreiben – das gab er nie zu –, das musste er, mit aller Detailkunde und einem geradezu biblischen Mitteilungsbedürfnis. Dass sein wissenschaftlicher Lehrstuhl eines Tages zum Lehnstuhl werden könnte, hat Burkhard nie akzeptiert und hier rechtzeitig vorgesorgt. So entstand zunächst das Büchlein »Alfi, ein Chihuahua-Rüde«, eine großherzige Liebeserklärung an einen kleinen Hund, und schließlich dieses Buch, das wir Ihrer Aufmerksamkeit empfehlen. Es ist ein kleines Buch eines großen Forschers, Menschen- und Hundefreunds, und es stellt die ebenso nette wie auch etwas dümmliche Behauptung in Frage, nach der das Beste an einem Menschen sein Hund sei. Denn seit Jack Londons »Wolfsblut« ist das Beste an einem Hund das, was ein Mensch über ihn geschrieben hat.

Meine Damen und Herren, ich könnte Ihnen noch viel erzählen und berichten, etwa

- von der Niederkunft Klaras mit acht Labradorbabys im Bett ihrer Züchterin
- von Aurelias bayerischer Jagdhundeprüfung, der anderntags die deutsche Hundeprüfung folgte
- von der Italienreise der Labradorfamilie im VW-Bus an die ligurische Küste – mit angezogener Handbremse …
-

Und es reizt mich, Ihnen von der Bootsfahrt des Bodensee-Großvaters mit den Enkeln von der Höri bis nach Meersburg und zurück in einem uralten Holzboot zu berichten. Eine Geschichte, die mich mit ihren Details stark an »Die abenteuerliche Reise des kleinen Schmiedledick mit den Zigeunern« erinnert.

Aber was soll das alles, lesen Sie es doch selbst!

Und eines noch: Man kann das Büchlein auch mühelos im Bett lesen!

Ob das auch für dieses gilt?

Die Zeit nach der Nachbestrahlung

Die Zeit der Entlassung aus dem Krankenhaus war gekommen, eigentlich hatte sie mit der Buchtaufe schon stattgefunden. Die Aufgaben des Alltages standen vor mir. Die jährlich stattfindende Vortragsveranstaltung auf der Medica, der größten medizinischen Fachmesse der Welt in Düsseldorf. Ich stand die drei Stunden durch, wenn mir auch manchmal während des Vortrages etwas schwummerig wurde. Die Folgen der Bestrahlung waren mir jetzt ganz klar geworden. Alle halbe Stunde musste ich etwas trinken, bei längerem Reden war das Intervall kürzer, d. h., ich hatte immer eine Flasche Wasser bei mir. Da der Geschmack deutlich reduziert war, schmeckte kein Essen. Nur mit erheblicher Flüssigkeitszufuhr konnte ich das Fleisch, die Kartoffeln, Nudeln oder Gemüse schlucken. Eigentlich tat mir dieser Zustand gut, denn ich nahm an Gewicht ab. Plötzlich, nach 20 kg Gewichtsverlust, passten alle schönen Sachen wieder. Die Folge: Viele Bekannte meinten, der sieht aber plötzlich gut aus, viel jünger. Der grauweiße Bart ist weg. In Wirklichkeit fühlte ich mich gar nicht wohl und schon gar nicht jünger. Mit der Gewichtsreduzierung war der Mumm aus dem Körper irgendwie geschwunden. Ich fühlte und fühle mich auch jetzt beim Schreiben schlapp. Treppensteigen, längeres Laufen und andere körperliche Anstrengungen belasten mich. Der Schlaf ist oberflächlich. Permanent plagen mich völlig verrückte Träume. Die meisten haben mich beim Aufwachen verwirrt, ich erinnere mich aber nicht, andere Träume in der oberflächlichen Schlafphase zerren an meinem Nervenkostüm, wecken mich, nach kurzer Wachphase geht der Traum wieder weiter. Am schlimmsten sind die Träume, dass plötzlich wieder ein

Knoten am Hals tastbar ist. Ich wache auf, springe aus dem Bett, sause zum Spiegel, taste den Hals ab und schleiche mich etwas wackelig ins Bett zurück. Das passiert mindestens 2- bis 3-mal in der Woche. Oh, diese Psyche! Ich hätte nie gedacht, dass ich mal zum Angsthasen werde. Aber ich kann mich nicht dagegen wehren. Darüber spricht man vor allem als Mann nicht, Frauen tun sich da leichter. Deshalb schreibe ich es nieder, diese Empfindungen sind ja keine Schande.

Meinem Grundprinzip, täglich meinen Pflichten nachzugehen, bleibe ich aber treu. Die Hunde brauchen ihren Auslauf, also laufe ich jeden Tag durch den Stadtpark zu meiner alten Arbeitsstelle und erledige meine Konsiliaraufgaben.

Inzwischen ist ein gutes Jahr nach Bestrahlungsende verstrichen. Das Befinden ist immer noch eingeschränkt. Folgen der Bestrahlung stören mich, z. T. erheblich. Immer wieder platzt die Schleimhaut an der Unterlippe auf, ein sehr schmerzhafter Zustand, eine schwarze Haarzunge hat sich entwickelt, die zusätzlich die Geschmacksempfindungen einschränkt. Ich erinnere mich, dass während der Studienzeit in der HNO-Klinik uns Studenten die schwarze Haarzunge erklärt wurde, aber wir keine zu Gesicht bekamen. 50 Jahre später klappt es dann, leider am eigenen Körper.

Die zermürbende Bestrahlung hat mich sehr massiv auf den Boden der Patientenebene gebracht. Man müsste eigentlich alles selbst erlebt haben, wenn man Patienten hinsichtlich Diagnostik und Therapie berät. Natürlich ist dies unmöglich, ja ein Hirngespinst. Aber kleine, für mich oder einen Patienten doch große Eingriffe in das tägliche Befinden, z. B. durch eine Bestrahlung, machen einem klar, in welch hilfloser Situation man sich als Patient befindet. Ich habe in der Zwischenzeit drei Menschen während und durch ihre Krebskrankheit begleitet. Alle sind und waren bar jeglicher medizinischen Kenntnis. Sie haben mit großen, aufgerissenen Augen manchmal stumm oder stöhnend und wimmernd vor Schmerzen und Entsetzen hilflos die therapeutischen Maßnahmen wie Operation, Komplikationen durch Nachblutungen und vor allem die Chemotherapie mit all ihren Folgen ertragen und durchstanden – bis zum Tod des einen. Es hat mich als später selbst Betroffener hart mitgenommen. Trotz dieser pessimistischen Aussagen glaube ich aber, dass, wenn man umfassend aufgeklärt ist, nicht nur über die »großen«, sondern vor allem auch über die »kleinen« Ereignisse, die einen mitreißen können, man auch die härtesten Stunden übersteht und es mit Glück nur bei einem relativ kleinen und kurzen Blick in die Hölle bleibt. Nur so versuche ich auch seit kurzer Zeit weitere Sonnenstrahlenfolgen wie ein invasives Plattenepithelkarzinom am rechten Ohr und ein Melanom im Nacken-Rücken-Bereich seelisch zu verkraften.

Ausblick

Halbjährliche klinische, sonographische und radiologische Kontrollen sind nun die Regel. Bislang liegt alles im Bereich der Norm, bis auf die neuen Tumoren. Mit Hut und Hemd sowie viel Sonnencreme mit hohem Lichtschutzfaktor habe ich mich doch wieder mit Schiff und Hunden auf den See gewagt, wie sollte es auch anders sein. Wenngleich ich nur mit großer Anstrengung Beiboot und Schiff flottmachen kann, denn die Kraft ist irgendwie aus dem Körper geschwunden. Dreimal überlege ich, wie eine kräftezehrende Aktion günstig angepackt werden kann.

Am Ende gilt mein Dank meinen Chihuahua-Hunden. Oscar und Alicia – Schwester von Alfi, der die Hauptrolle im Buch »Alfi, ein Chihuahua-Rüde, kleine Hundegeschichten vom Bodensee« gespielt hat – waren während des stationären Aufenthalts von mir getrennt. Eine ehemalige Mitarbeiterin von mir hat meine Freunde liebevoll versorgt. Dies war auch der Fall während des operativen Eingriffs. Die Freude bei meiner jeweiligen Rückkehr war unbeschreiblich. Oscar überschlug sich jedes Mal vor Freude, und es war und ist immer eine echte Freude. Hunde sind ehrlich und verstellen sich nicht. Postoperativ und während der ambulanten Bestrahlungszeit haben die Hunde offenbar gespürt, dass es mir nicht gut ging. Sehr zart sind sie mit mir umgegangen. Mit großen Augen und gespitzten Ohren haben sie zugehört, was ich ihnen berichtete. Sie haben mich nicht aus den Augen gelassen und mich auf Schritt und Tritt begleitet. Sehr traurig waren sie, als ich ihnen erklärte, dass ich sie für einige Zeit verlassen müsste. Zum Glück haben sie kein Zeitempfinden. Kurz und Lang wird nicht differenziert. Aber sie haben mir sehr gefehlt. Täglich können wir jetzt wieder gemeinsam spazieren gehen, und das ist das Höchste für beide Hunde. Oscar begrüßt jeden anderen Hund mit großem Gebell, Alicia beobachtet nur und ist still. Ich bin glücklich und fühle mich, auch wenn sie noch so klein sind, von ihnen behütet. Mir sind sie immer eine große Hilfe und geben mir Sicherheit, denn sie fordern mich.

Der Rat zum Schluss für alle Betroffenen ist – und das gilt für gute und schlechte Lebenslagen –, sich nicht unterkriegen zu lassen. Selbst- und fremdgestellte Aufgaben helfen.

Weitere Bücher von Burkhard Helpap:

Max und Moritz und die Hundejahre
Eine biographische Erzählung, fünf Kontinente
und viele, viele Hundegeschichten
ISBN 978-3-933356-49-9

Die Zwillinge Max und Moritz sind richtige kleine Kerle, die mit ihren Hunden manchen Schabernack treiben und manches Abenteuer bestehen. Dabei lernen beide Seiten vieles voneinander und sei es vor allem, dass derjenige siegt, der mutig und entschlossen, aber nie riskant vorgeht. Max und Moritz und die Labradore werden ein eingeschworenes Team, das jede Jagdprüfung besteht.

Doch für ein Mal halten sie inne und hören ihrem „Bodensee-Großvater" gebannt zu, der in Wahrheit in Bremerhaven aufgewachsen ist und wahrhaft stürmische Jahre in einem erschütternden Jahrhundert erlebt hat, auf allen fünf Kontinenten und kreuz und quer durch Deutschland. Ganz locker erzählt er echte und urwüchsige Begegnungen und Abenteuer, die heute trotz Globalisierung in einer vom Sicherheitsdenken regulierten Welt nicht mehr erlebt werden können. In allen Höhen und Tiefen bleiben die Hunde immer die wahren Freunde und Konstanten, auf die sich ihre Menschen-Freunde stets verlassen können.

Burkhard Helpap, im Beruf Professor der Pathologie, hat das literarische Talent seiner hanseatischen Mutter geerbt und verpackt Episoden, Glücks- und Unglücksfälle, Abenteuer und Reflektionen aus seinem Leben in spannende Geschichten, in denen er gekonnt seine Söhne und Enkel einspinnt. Er serviert dabei keine biographisch-schwere Kost, sondern lässt sich und die Leser forttragen von der beflügelten Liebe zur schwungvollen Erzählung, in der das Herz immer die richtigen Schlüsse zieht.

Ein Buch zum Lesen und Vorlesen.

Alfi, ein Chihuahuarüde
Eine kleine Hundegeschichte
ISBN 978-3-8334-0009-4

Der normale Alltag des Menschen ist geprägt durch Hektik im Privaten wie im Dienstlichen. Ein winziger Hund tritt plötzlich in das Leben eines gestreßten Arztes und Forschers. Es ist Liebe und Freundschaft auf den ersten Blick. In Kurzgeschichten wird das gemeinsame Leben geschildert bis an einem herrlichen Sonnentag das Schicksal zuschlägt. Der Chihuahuarüde stirbt durch einen Verkehrsunfall. Die Retrospektive ist ein Dank an seine Freundschaft. Von seinem kleinen Nachfolger Angelo erfährt er, daß das Hundeleben weitergeht und es ist ein Glückstag für beide Hunde auf dem Bodensee einen Erfahrungsaustausch zu haben.